인생의 예금 잔고와
시간의 잔고 사이에서

인생의 예금 잔고와
시간의 잔고 사이에서

인생을 살면서 좀 더 일찍 생각했으면 좋았을 것들

저자 **김순철**

저자 소개

전남 나주라는 당시 작은 시골 지역이었던 곳 중에서도 외진 시골에서 태어났다. 그곳에서 중학교까지 졸업을 하였다. 광주고등학교에 진학을 하였으나, 부모님이 먹고살 일이 너무 막막해지자 무작정 서울로 상경하는 바람에 서울에 있는 관악고등학교로 1학년 9월 말경 전학을 왔다.

당시는 5종 교과서 시대로 학교마다 교과서가 모두 다르던 시대였기 때문에, 교과서 내용들이 전부 달랐다. 부모님들은 그러한 사실도 전혀 모르고 교과서를 새로 구입해 줄 마음과 시간의 여유가 전혀 되지 못했다. 스스로 물어물어 서울 청계천 중고 서점을 찾아가 어렵사리 중고 교과서를 구입하였다. 정말 황당한 시기였다. 교과서 진도는 과목마다 전부 다르고 낯선 환경으로 갑자기 전학을 오게 되고 단칸방에는 공부할 책상조차 하나 없었다. 유난히 부끄러움이 많았던 성격이라 학교에 가기가 죽기보다 싫었던 시기였다. 자퇴하기로 마음먹고 학교를 며칠 동안 가지 않았다. 학교를 그만두면 큰일 난다고 울면서 애원하시는 어머니의 뜻에 따라 고등학교를 무사히 마칠 수 있었다.

서울대 경영학과에 입학했다. 그러나 얼마 지나지 않아 대학 3학년 때 아버지가 간암에 걸리셔서 약 1년간의 투병과 고통 이후 돌아가셨다. 당시 나이도 어리고 갑작스럽고 큰일이라 정신적 충격이 너무나 컸기 때문에 아무것도 할 수 없었다. 그래서, 군대에 갔다.

이후 아버지의 유언에 따라 행정고시를 공부하고 합격하여 경제 부처에서 근무하였다. 약 15년간 공무원으로서 열심히 일을 했지만, 인생의 동지라고 표현할 수도 있는 어머니는 열악하기 그지없는 영구 임대 주택에 거주하고 계셨다. 공무원을 계속하다가는 임대 주택에서 돌아가실 것이 분명해 보였다.

가난하게 살았지만 돈에 집착해 본 적은 없다. 그러나, 최소한 하고 싶은 일을 할 정도는 있어야 한다고 생각하고 돈을 벌기 위해 공무원을 그만두었다. 이후 여러 가지 일을 경험하였다.

민간 기업에서 근무도 하였고, 주식 투자를 하기 위하여 기업을 분석하는 방법과 군중 심리 등을 배우려고 수많은 책을 읽고, 6000만 원을 신용으로 대출받아 주식 투자를 하였다. 투자를 잘하여 어머니에게 전원주택과 아파트를 사 드릴 수 있었다.

이후 우연한 기회에 탈모 분야에 관심을 갖게 되어, 외국 연구 논문만 100편 이상을 읽었고 관련 전문가들을 찾아다니며 공부를 하였다. 인도 병리학 의사와 공동으로 '모낭의 미세인자를 이용한 주사액 개발' 특허도 출원하였다. 현재 헤어폴리클바이오(Hair Follicle Bio) 회사를 설립하여 천연 식물 추출물을 기반으로 한 탈모 제품 등을 개발하고 있다. 얼마 전에는 『탈모, 알면 길이 보인다』 책도 저술하였다.

저자 김순철

목차

- 들어가면서   10

제1장

누구나를 막론하고 사람은 불완전한 존재이다

- 마지막 죽는 순간에 바라는 것들은 그리 거창한 것들이 아니다   16
- 인간의 보편적 결함에 대한 인식   21
- 백지장 하나의 차이   26
- 혼자만의 시간의 필요성   29
- 나에 대한 다른 사람의 평판의 허망함   34
- 알렉산더 대왕 이야기에서 배워야 할 것들   37
- 예금 잔고와 시간의 잔고   41
- 어느 스크루지 할아버지 이야기   44
- '따뜻한 밥 한 끼'라는 말이 주는 정   49
- 꽃과 잡초 인생   52
- 대지를 적시는 비   55
- 잃을 것이 없을 때 느끼는 자유와 용기   57
- 우리는 우리 자신을 얼마나 알고 있을까   61
- 작은 것에서 기뻐할 줄 알았던 추억   64
- 별을 그리워하는 마음   66
- 우리의 어머님께(시)   69
- 할머니는 여자 화장실로(유머)   71

제2장

인생에서 한번 생각해 볼 문제들

- 꿈과 욕망이 큰 만큼 고통도 커진다   76
- 부족함으로 인한 신의 축복   79
- 우리는 얼마나 오래 살아야 하는가   82
- 미래로 미루어진 아름다운 꿈과 소망   88
- 무엇이 중한디   91
- 누군가의 사랑을 받아야만 살아갈 수 있는 우리   95
- 내로남불과 그 속의 또 다른 내로남불   97
- 붙잡힌 사람만이 범죄자인가   100
- 무엇이 우리를 만족시킬 수 있는가   102
- 쓰레기 더미 위에서도 꽃은 핀다   104
- 진실은 항상 몸을 숨긴다   106
- 이상한 나라에서 쓰이는 저울들   109
- 운명, 이에 따른 우리의 책임은 어디까지인가   113
- 바쁘게 산다는 것이 주는 의미   116
- 자기 자신도 가끔 너그러이 용서할 필요가 있다   120
- 큰대자로 누워 비를 맞고 싶다   122
- 스스로 격려와 위로가 필요하다   128
- 내가 나에게 주는 위로(시)   130

제3장

우리의 근본적인 문제와 관련한 것들

- 인간의 이성과 신의 섭리   134
- 우리는 무엇을 소유하는가   137
- 사랑이 최고의 투자라는 삶을 살다 간 오드리 헵번   141
- 주요 종교의 특징   144
- 기독교와 불교   148

- 살면서 알게 된 인간만의 독특한 특성들   150
- 사랑은 주는 것인가 받는 것인가   152
- 종교를 통한 부당한 속박과 강요   155
- 見月忘指 – 달을 보고 손가락은 잊어라   158
- 사랑과 정의의 어울림   161
- 언행일치와 신행일치   164
- 사람은 무엇을 남길 수 있는가   167
- 감사하는 마음을 갖게 되는 축복   169
- 나의 사명   174

제4장

살아가면서 깨닫게 되는 지혜들

- 처세술과 지혜는 다르지 않을까   178
- "이 또한 지나가리라."라는 말이 주는 의미와 지혜   181
- 솔직함이 가장 좋은 방법인가   184
- 선물은 친구를 만든다   187
- 함부로 인연을 맺지 마라   190
- 힘들어 죽겠다는 말과 생각   194
- 너무 잘하려고 하지 말자   196
- 주는 것과 받는 것   198
- 몰랐다는 변명이 주는 의미   202
- 육체노동과 정신노동의 조화   205
- 비판받을 용기와 비판할 용기   208
- 모르는 것을 두려워하지 말고, 잘못 알고 있는 것을 두려워하라   210
- 인생에 공짜는 없다   212
- 삶을 최대한 단순화할 필요성   216
- 긍정 마인드의 중요성   219
- 어떤 인생이 더 좋은 인생인가   223
- 돈만 많은 바보가 되지 않기   226

• 주량 총량의 법칙과 우리의 건강 문제　　　　　230
• 조만간 떠나갈 것들을 격렬히 사랑하라　　　　233
• 대범하게 배짱으로 살아 보자　　　　　　　　236
• 사색이 있는 삶　　　　　　　　　　　　　　240
• 가족의 소중함을 느낄 때　　　　　　　　　　242
• 역할 변화에 따른 적응 – 검정 펜, 빨강 펜, 주둥이론　246
• 다른 사람이 실망스럽고 원망스러울 때 생각해 볼 것들　248
• 내면의 소리(시)　　　　　　　　　　　　　　251

제5장

사회적·경제적 문제와 관련한 것들

• 우리가 추구하는 정의란 무엇인가　　　　　　256
• 어린 중학생으로서 겪은 5.18의 비극　　　　　260
• 경제 성장의 성과는 국민 모두가 함께 누려야 한다　264
• 선거 때 왜 불쌍한 서민들에게 표만 구하나　　267
• 군중 심리 이해하기　　　　　　　　　　　　270
• 모든 파티는 끝나기 마련이다　　　　　　　　273
• '신자유주의'라는 것에 대하여　　　　　　　　277
• 어떤 투자를 할 때 꼭 한 번은 생각해 볼 만한 것　280
• 이론과 현실의 차이　　　　　　　　　　　　284
• 개천에서도 용들이 꿈틀대고 나와야 한다　　　286
• 저출산 극복을 위한 하나의 제언　　　　　　　291
• '초과 세수'라는 의미　　　　　　　　　　　　294
• 시사 팩트 체크 방법　　　　　　　　　　　　298
• 이름들이 주는 이미　　　　　　　　　　　　301
• ○○ 형과 형제의 동맹을 맺다(유머)　　　　　303

• 이 책을 마치면서　　　　　　　　　　　　　306

들어가면서

어느새 세월이 흘러 불과 얼마 전이라고 표현할 수 있는 시기에는 상상하기 힘든 60의 나이를 바라보는 세대가 되었습니다. 세월이 정말 빠르다는 생각밖에 들지 않을 정도입니다.

지난 일들을 생각해 보면 잘한 일들도 꽤 있겠지만 왠지 부족했고 어리석었던 일들이 훨씬 많이 생각납니다.

후회를 반복하면서도 사소한 일에 참지 못하고 화를 냈던 일부터 다른 사람을 배려하지 못하고 저 중심으로 생각해서 다른 사람에게 상처를 준 일 등입니다.

정도의 차이는 있지만 비단 저만의 문제는 아니라고 생각합니다. 누구나 사람들은 불완전한 존재이고 많이 부족하기 때문입니다.

그런데, 무엇보다 항상 마음속 깊은 곳에서 나오는 묵직한 의문이 있습니다. 나름대로 열심히 살아온 것 같은데, 올바른 방향으로 살아가고 있나? 그리고 내가 잘 살아왔고 잘 살아가고 있나 하는 의문입니다.

대부분의 사람은 주어진 여건에서 열심히 살아가고 있습니다. 그러나, 나이가 점점 들어 감에 따라 열심히 최선을 다해 사는 것만이 능

사는 아닌 것 같다는 생각을 많이 하게 됩니다.

흔히들 즐겁게 살자고 합니다. 행복하게 살자고도 합니다. 인생을 즐겁고 행복하게 사는 것은 모든 사람이 지향하는 것일 것입니다. 누군들 그렇게 살고 싶지 않은 사람이 한 사람이라도 있을까 싶습니다.

우리가 살다 보면 유독 어려운 시기도 부딪히기 마련이고 미래의 불안과 두려움도 엄습할 때가 많이 있습니다. 이럴 때 염려나 근심을 하지 말자고 마음먹으려고 해도 쉽게 되지 않습니다.

즐거움과 행복이라는 것도 마찬가지입니다. 즐거워야겠다고 해서 즐거운 마음이 금방 생기는 것도 아니고 행복해지자고 해서 행복한 마음이 생기는 것도 아닙니다.

우리 모두는 여건과 환경이 각자 다릅니다. 누군가에게는 그 차이가 크게 느껴질 수도 있고, 누군가에게는 그 차이가 별것 아니게 느껴질 수 있습니다.

누군가는 소위 금수저로 태어나서 누구나 부러워하는 좋은 여건에서 큰 노력 없이도 잘 살아가는 사람들도 있습니다. 또 다른 누군가는 아무리 열심히 살아도 평생 고생만 하다가 죽는 사람들도 많이 있습니다.

이러한 외부적인 여건만을 크게 부각하여 보면, 재산이나 사회적 직위 등이 크게 의미가 있을 수 있습니다.

그러나, 우리가 시야를 조금만 넓혀서 보면 사람들이 살아가는 모습들은 그 사람의 지위 고하나 재산이 많고 적음을 떠나 고만고만하고 비슷하다는 생각이 들기도 합니다. 특히, 점점 나이가 들어 가면서 이런 생각이 많이 듭니다. 무한한 우주와 시간의 흐름 속에서 너무나 작은 공간 속에서 너무나 짧은 생애를 살다가 사라져 가는 것은 매한가지이기 때문입니다.

소위 생로병사의 과정은 누구도 피할 수 없습니다. 저로서는 가장 어려운 시기이기도 한 대학교에 다닐 때부터 사람이 왕으로 살다 죽거나 거지로 살다 죽거나 시간이 지나고 나면 사는 동안 삶의 모양새만 조금 달랐을 뿐 죽을 때는 똑같다고 생각하는 습관이 생겼습니다.

그렇다고 허무주의에 빠지거나 인생이 무의미하다는 결론에 빠진 적은 없습니다. 이런 생각이 오히려 저에게는 너무나 큰 위안의 수단이 되었고, '힘들면 얼마나 힘들겠냐.' 하는 생각이 더 열심히 살게 하는 원동력이 되기도 하였습니다.

다른 한편으로는, 열심히 사는 것과 나름대로 의미 있게 잘 사는 것은 별개의 문제라는 생각을 하게 됩니다. 열심히는 살아왔는데 죽음을 앞둔 시점에서는 내가 '무엇을 위해 그렇게 죽기 살기로 살아왔나.'라는 깊은 회의에 빠질 가능성도 크기 때문입니다.

우리는 대부분 좋은 대학에 들어가기 위해, 더 높은 지위에 올라가기 위해, 더 많은 재산을 갖기 위해 열심히 살아갑니다. 그런데, 그토록 열심히 추구하는 좋은 대학, 높은 지위, 많은 재산과 같은 것들은 조금만 현실에서 벗어나서 곰곰이 생각해 보면 그 자체가 절대 목적이 될 수 없는 것들입니다.

저는 사람이 살아가면서 반드시 생각해 보아야 할 것들이 있고, 좀 더 이른 시기에 이런 문제들을 생각해 보았더라면 좋았을 것이라는 아쉬움이 남는 경우가 많이 있었습니다.

특히, 우리나라 교육 체계에서는 인생을 어떻게 살아가야 하는지에 대한 생각을 할 수 있는 힘을 전혀 길러 주지 못하고 있습니다.

어떤 외부적인 여건보다는 마음과 생각에 따라 개인의 행복과 불행도 좌우가 되고, 사회적인 분위기도 많이 달라지기 때문에 인생 자체의 의미 등에 대해 생각할 수 있는 힘은 매우 중요하다고 생각합니다.

우리가 생각을 많이 하지 않게 되면, 다른 사람들의 생각이나 사회적인 습관에 따라 살아갈 수밖에 없습니다. 즉, 자기 자신의 의미 있는 삶을 살아갈 수 없습니다.

가끔, 살면서 의문이 있는 이슈들에 대해서 관련 자료들도 찾아보고 그때그때 생각하면서 정리해 놓은 글들이 책 한 권의 분량이 되었습니다. 이 글들을 쓴 시기가 모두 다르고, 이슈들이 달랐기 때문에 일관된 주제를 갖고 쓴 글들은 아닙니다. 어투도 조금씩 다릅니다.

물론 여기에 쓴 나름대로 좋은 내용 중에서 제가 실천을 못 하는 경우도 많이 있습니다. 생각과 행동이 일치하지 않는 경우들입니다. 그러나, 우리가 삶을 살아가면서 한번 꼭 생각해 보았으면 하는 글들을 모아 책을 출간하게 되었습니다.

제1장

누구나를 막론하고
사람은 불완전한 존재이다

마지막 죽는 순간에 바라는 것들은
그리 거창한 것들이 아니다

아버지가 돌아가셨던 시점은 1987년 크리스마스쯤입니다. 그때 당시에는 12월이면 거리마다 크리스마스 캐럴이 길가 가게마다 켜 놓아 크게 들리던 시절입니다. 거리의 한없이 들뜬 분위기 속에서 아버지의 죽음을 비교적 어린 나이에 맞이한다는 것은 더욱 저를 슬프게 하였습니다.

아버지가 병원에서 집으로 다시 오신 것은 병원에서 이미 간암 말기라는 판정을 받고 나서 그리 길지 않은 시간 뒤였습니다. 의사가 말을 해 주었기 때문에 머지않아 돌아가시리라는 것은 가족들도 알고 있고, 아버지 본인도 알고 계셨습니다.

아버지가 돌아가신 1987년 추운 겨울날 저는 만 21세의 대학교 3학년 학생이었습니다. 시골 출신으로 서울로 오자마자 적응하기에도 숨이 찰 정도로 벅찬 시기를 여전히 보내고 있었습니다.

당시 학교도 매일 학생 시위를 하는 상황이어서 어수선했을 뿐만 아니라, 갑작스러운 아버지의 사망 선고 소식은, 당시 기억을 회상해 보면, 너무나 큰 충격 자체였고, 한순간 그냥 뒤통수를 세게 얻어맞고 좀 어리둥절한 상태로 지낼 수밖에 없는 시절로 기억될 뿐입니다.

　그런 상태였으므로 수업이 있는 날에도 학교에 가서 수업을 들을 의욕도 힘도 전혀 없었습니다. 결과적으로 대부분의 수업을 참석하지 못했습니다. 수강 신청을 최소화하였음에도 그 학기에 F 학점만 세 개를 받을 수밖에 없었습니다.

　반면 아버지는 병원에 입원하고 계시다가 치료 가능성이 전혀 없었으므로 집으로 오셨기 때문에 아버지와 단둘이 있을 시간이 많게 되었습니다. 아버지는 양약으로 되지 않으니 집에서 여러 한의학에 의존하실 수밖에 없었습니다.

　아무튼, 어머니와 형들은 아버지의 치료비를 마련하고 먹고살기 위해 일을 해야 했기 때문에, 아버지와 단둘이 있을 시간이 많아진 상황이 아버지가 돌아가시는 순간까지 지속되었습니다.

　간암이라는 것이 배에 물(복수)이 차올랐다가 빠지는 과정을 거치면서 사람을 얼마나 고통스러운 방법으로 죽이는지, 너무나 무서운 병이라는 것을 가장 가까이서 처절하리만큼 느낄 수 있었습니다. 저는 지금도 죽음의 과정이 매우 무섭고 두렵습니다.

　아버지의 죽어 가는 모습은 본인 자신은 물론이거니와 옆에서 지켜보는 가족들에게도 그토록 고통스러울 수가 없습니다. 저도 언젠가는 죽게 되겠지만 아버지처럼 죽고 싶지는 않습니다.

죽음의 순간이 점점 엄습해 오자 아버지는 조금 더 살고 싶어 하셨습니다. 당시의 의료 기술로는 치료할 수 없다는 것을 아셨기 때문에, 어느 날은 어머니에게 지리산에 들어가셔서 이것저것 풀을 뜯어 먹다 보면 혹시 운 좋게 나을지도 모르겠다는 말씀까지 하셨다고 합니다. 그만큼 삶을 갈망하셨던 것 같습니다.

그런데, 단지 그것뿐이었습니다. 특별히 더 바라고 그러는 것도 없었습니다. 조금 더 오래 살고 싶다는 생각과 한편으로는 고통이 너무 심하니 고통이라도 좀 없이 죽을 수 있으면 좋겠다는 그 정도의 소망뿐이었습니다.

저의 아버지는 중학교도 졸업을 하지 못하시고 부모로부터 재산도 제대로 물려받지 못한 평범 또는 평범 이하의 삶을 살다가 돌아가신 경우에 해당합니다.

반면에, 스티브 잡스는 저의 아버지와 비교할 수 없이 엄청난 성공을 거둔 인물입니다. 그러나, 스티브 잡스도 죽음 앞에서는 저의 아버지와 별반 다를 바가 없었던 것 같습니다.

다 아시다시피 스티브 잡스는 태어나자마자 노동자인 양부모에게 입양되어 자라났고, 대학을 다닐 형편이 되지 못해 6개월 만에 중퇴를 한 뒤 우여곡절을 겪으며 젊은 나이에 대성공을 거둔, 말 그대로 입지전적인 인물입니다.

스티브 잡스도 죽는 순간, 가장 큰 소망은 자신의 아들이 고등학교를 졸업하는 것만 보고 죽는 것이었다고 합니다.

끊임없는 도전을 강조하고 자신의 일을 그토록 사랑하였지만, 마지막 순간에 가장 소망하는 것은 자신의 일도 부도, 명예도 아닌 인간으로서 누구나 할 수 있는 매우 단순한 것이었던 것입니다.

우리 중에는 전설적 인물 중 한 사람인 스티브 잡스의 마지막 소원을 이미 성취한 사람도 있을 것입니다.

제가 비교적 어린 나이에 아버지의 죽음을 너무나 가까이서 지켜보았던 것이 이후 저의 삶에 의식적·무의식적으로 많은 영향을 미쳤을 것으로 생각됩니다.

'무엇보다 사람이 이렇게 죽는 것이구나.' 하는 생각을 하였을 것입니다. '나도 언젠가는 비슷한 모습으로 죽겠구나.' 하는 생각도 하면서 무서워도 했을 것입니다.

죽는 순간에는 아무리 사는 동안 화려한 삶을 살고 다른 사람의 부러움을 온몸으로 받은 사람일지라도 지극히 나약한 한 인간의 본연의 모습으로 돌아갈 수밖에 없습니다.

죽는 순간에는 우리가 살아가면서 그토록 중시하는 지위나 재산이나 명예 따위에는 관심도 없습니다. 이것만은 저는 확신합니다.

제가 지켜본 경험으로는 가까이 지냈던 사람을 한 번 더 찾게 되고 신을 찾게 됩니다. 아버지도 무교이셨지만, 제가 당시 내용도 알지도 못하는 성경을 읽어 드리고, 저의 부탁으로 동네 목사님이 찾아오셨을 때는 하나님께 의지하고 싶은 마음이 있으신 것을 느낄 수 있었습니다.

죽는 순간에는 나약한 인간으로 돌아가서 너무나 작은 소망만을 남기고 떠나는 것이 우리의 인생이 아닌가 생각됩니다.

우리는 영원한 존재가 절대 아닙니다. 한순간을 살다가 사라져야만 하는 운명을 갖고 태어난 미약한 존재에 불과합니다.

우리는 모두가 죽는다는 사실을 잘 알고 있습니다. 그런데, 살면서는 자신이 영원히 살 수 있는 사람처럼 행동하는 모순도 매우 많은 존재이기도 합니다.

저는 죽는 순간 소망하는 것이 무엇인지 생각해 보는 것이 여러 가지로 크게 의미가 있다고 생각이 됩니다.

죽는 순간은 우리가 어디에서 왔는지는 잘은 모르지만, 우리의 본연의 모습으로 왔던 곳으로 다시 돌아가는 순간이기도 하기 때문입니다.

인간의 보편적 결함에 대한 인식

우리는 있는 그대로를 인식하기가 참 어렵습니다.
더 나쁘게 인식하기도 하고 더 미화하여 인식하기도 합니다.

우리 사회에서는 자신에 속한 것들을 꾸미고 아름답게 보이려고 합니다.
자기 자신, 자신의 부모, 자신의 마을, 자신의 학교, 자신의 국가 등 많이 있습니다. 자부심을 높이기 위한 방안으로 우리가 그렇게 교육을 받아 왔기도 합니다.

그렇게 함으로써, 더 애정을 갖게 되는 등 얻는 유익도 많이 있을 것입니다.
그러나, 그에 따른 부작용 등 문제점도 있을 것입니다.

인간은 만물의 영장이라고들 합니다. 무한한 가능성을 지닌 존재라고들 합니다. 기술 발전 등 그동안 성과들을 보면 어느 정도 수긍이 가기도 합니다.

그러나, 인간의 일반적인 특성이 있을 것입니다.

불완전한 존재인 인간이 좋은 면만 있을 리는 만무합니다. 많은 문제점과 결함도 있을 것입니다. 그런데, 후자에 주목하려고는 하지 않습니다. 이것도 일종의 편향성이 아닐까 생각합니다.

그 결과, 자기 자신이나 다른 사람에게 너무나 과한 기대를 하는 경우도 많이 생깁니다. 기대에 미치지 못하면 스스로 자책하거나 다른 사람을 비난하기도 합니다.

커다란 업적을 남긴 위인들은 끊임없는 도전 정신을 강조하고 사람의 의지로 못 이룰 불가능은 없다고도 합니다. 불굴의 의지가 얼마나 큰 힘이 되는지를 강조한 것일 것입니다. 이것이 사회 발전의 원동력이 되기도 합니다.

그러나, 객관적으로 보면 인간에게 불가능한 일이 가능한 것보다 비교할 수 없이 많습니다.

예를 하나 들어 생각해 보겠습니다. 과거의 안 좋았던 일들은 잊어버리고, 좋았던 일들만 기억하라고도 합니다.

그런데, 우리 인간이 얼마나 '선별'해서 기억할 수 있는 능력이 있는지 의문입니다. 기억하고 싶은 것만 기억할 수 있는 사람은 없어 보입니다.

오히려, 이러한 부질없는 노력이 역효과를 나타낼 수도 있을 것입니다. 잊으려고 하면 할수록 더 선명하게 떠오르는 것이 기억이기 때문입니다. 좋은 것이든 안 좋은 것이든 모두가 자신의 것일 뿐입니다.

　너무나 아픈 기억이 있는 사람에게 아무리 잊으라 한들 이것은 불가능한 일입니다. 이렇게 말하는 사람도 할 수 없는 일일 것입니다. 잊히고 기억나고는 우리의 노력이 아닌 우리가 알지 못하는 과정을 통해 이루어질 뿐입니다.

　누구나 본인이 정말 마음에 들지 않을 때가 있었을 것입니다. 나는 왜 이 모양인가 하는 한탄과 자책이 저절로 나옵니다. 그 생각이 꽤 오래 지속되면서 자신을 괴롭히기도 합니다.

　요즘 생각해 봅니다. 있는 그대로 바라보고 받아들이려고 하자.
　이것이 나의 모습이고 우리의 모습이다. 물론, 모든 일을 당연시하고 합리화하자는 말은 아닙니다.

　인간이 알고 있는 지식이라는 것은 정말 작은 부분에 불과합니다. 잘못 알고 있는 부분도 너무나 많이 있습니다. 심지어 뭐가 진실인지조차 판단을 할 수 없는 경우도 부지기수입니다.

　모든 문제 해결의 출발점은 있는 그대로를 객관적으로 생각해 보는 것이라는 생각이 듭니다. 물론, 해결될 수 있는 것도 있고 영원한 숙제로 남는 것도 있을 것입니다. 불가능한 일을 우리가 할 수는 없습니다.

　영원한 시공 속에서 각 개인의 위치를 보면 인간은 정말 미미한 존재에 불과합니다. 부족한 점들도 정말 많습니다.

어떤 사람은 멀리서 바라보면 정말 대단하고 완벽해 보이는 경우도 있습니다. 그러나, 좀 더 가까이서 자세히 살펴보면 다른 사람과 크게 다르지도 않습니다. 단지, 여러 가지 복합적 요소가 작용해 그렇게 보일게 만들 뿐입니다. 모든 사람이 비슷비슷하여 '도토리 키 재기' 정도에 불과합니다.

다른 사람에게 실망하고 화가 나는 경우는 대부분 그 사람에 대한 기대가 컸음에도 불구하고 이에 미치지 못했기 때문입니다.

자기 자신에 대한 기대가 크면, 계속 자기 자신을 채근하면서 스스로를 괴롭힙니다. 그리고, 스스로 실망하고 스스로에게 화도 내고 심한 자책에 빠지기도 합니다.

다른 사람뿐만 아니라 자기 자신에 대한 기대 수준을 낮추는 것이 필요합니다.
상당 부분의 문제가 이러한 기대가 너무 커서 발생하기 때문입니다.

이러한 생각을 하면서도 실제로 기대를 낮추기는 좀처럼 쉽지 않습니다. '기대를 낮추어야지.' 하면서도 잘 되지 않는 경우가 정말 많습니다. 사람이 욕심이라는 것을 갖고 살 수밖에 없기 때문입니다.

흔히들 똑같은 실수를 세 번 이상 하면 안 된다고도 합니다. 그러나, 제 삶을 돌아보면, 똑같은 실수를 세 번뿐만 아니라 수백 번도 더 하는 것들이 많이 있습니다. 매번 후회하고 '고쳐야지.' 생각하면서도 잘 고쳐지지도 않습니다.

자기 자신의 마음이고 손과 발인 것 같은데, 우리 자신의 의지대로 제대로 말을 듣지를 않는 경우가 훨씬 많습니다.

우리 자신의 부족함을 객관적으로 있는 그대로 보고, 기대 수준을 낮출 때 관대함이 나올 수 있고, 삶의 여유와 의미도 찾을 수 있다는 생각이 듭니다.

백지장 하나의 차이

흔히들 백지장 하나의 차이라는 표현을 합니다. 백지장 하나의 두께는 정말 얇습니다. 따라서, 백지장 하나의 차이는 아주 작은 것에 불과합니다.

인간관계에서 타인에 대한 관심과 무관심도 작은 차이에서 비롯됩니다.

요즘 나이가 조금씩 들어 가다 보니 지나간 인연들을 생각하다가 너무 오랫동안 잊고 지낸 사람이 기억나 연락을 하는 경우가 간혹 있습니다. 오래전에는 나름 친하게 지냈으나 서로 젊은 시절 바쁘다는 이유로 소원해진 경우들입니다. 이처럼 우연에 가까운 작은 관심이 다시 소중한 인연으로 이어지기도 합니다.

불교에서는 연기론(緣起論)이라는 것이 있습니다. "모든 만물은 서로에게 의지하여 함께 존재하는 것이다. 결국 우주 만물 중에 홀로 독립되어 실체로 존재하는 것은 없고, 서로 의지하여 상생하면서 연기적으로 존재할 뿐이다."라는 것이 주요 내용입니다.

연기론에 따르면, 모든 것은 변화하며 하나가 변하면 연관되어 있는 모든 것이 변화하게 됩니다. 항상 서로 관계되어 성립하기 때문에 불변적·고정적 실체라고 말할 수 있는 것은 하나도 없다는 공(空) 사상을 이론적으로 뒷받침하는 것이 연기 사상이기도 합니다.

한편으로, 나비 효과(The Butterfly Effect)라는 것이 있습니다. 어느 한 곳에서 일어난 작은 나비의 날갯짓이 지구 반대편에 태풍을 일으킬 수 있다는 이론입니다. 미국의 기상학자 로렌즈(Lorenz, E. N.)가 사용한 용어입니다.

우리의 인간관계로 한정해서 생각해 보아도 이런 케이스는 쉽게 찾아볼 수 있습니다.

우리의 작은 관심으로 시작한 작은 '선한 영향력'이 여러 사람의 공감과 동참 등으로 파동을 일으켜 결국 커다란 사랑의 꽃을 피울 수도 있습니다.

이런 관점에서 보면, 우리의 작은 행동 하나하나가 의미 있게 됩니다.

우리가 무엇을 시도할 때, 의욕이 앞서서 커다란 행동을 해야겠다고 마음먹으면 오히려 이것이 장애가 되어 얼마 지나지 않아 쉽게 포기하게 되는 경우도 있습니다.

작은 일부터 천천히 시작하게 되면, 나중에는 자기 자신도 깜짝 놀랄 만한 결과를 발견하는 경우도 있습니다.

주위 사람들에 대한 친절한 말 한마디나 작은 행동이 상대방에게 작은 감동을 주게 되고, 또 그 사람이 그 사랑의 감정을 또 다른 사람에게 전달하게 되면 지구의 반대편에서는 사랑의 큰 파도가 넘실거릴 수도 있습니다.

'나 하나쯤이야.' 하는 회의론적 시각에 빠지는 경우도 있습니다.

그러나, 위와 같은 시각에서 보면, 우리 모두는 각자 상당한 영향력을 지니고 있게 됩니다. 물론, 좋은 방향에서도 그렇고, 나쁜 방향으로도 그러할 것입니다.

우리는 가끔 주변 사람이 좀 바뀌었으면 하는 바람을 가질 때가 있습니다. 나 자신도 변화하기 힘든데 다른 사람을 설득하여 변화시킨다는 것은 정말 어려운 일입니다.

불교의 연기론과 나비 효과를 생각해 보면, 나 스스로가 변화하여 주변을 변화시키는 방법이 훨씬 쉽고 자연스러운 것일 수도 있을 것입니다.

혼자만의 시간의 필요성

우리나라 사람들, 정말 부지런하고 성격도 급하다는 사실은 자타가 인정하는 사실입니다. 경제 발전이라는 측면에서 보면, 단점보다는 많은 장점이 있는 특성이기도 합니다.

우리나라 사람들은 지난 반세기 동안 대부분 열심히 살아야 한다는 고정관념을 갖고 살아왔고 살아가고 있습니다. 이것이 하나의 커다란 지향점이 되어 버렸습니다. 실제로 열심히 살아갑니다. 가만히 지켜보면 모두가 항상 바쁩니다.

한때 한강 변 아파트에 살았던 적이 있습니다. 강변도로에 하루 종일 차가 달립니다. 새벽에도 어디를 가는지 끊임없이 오고 갑니다. 이런 현상들을 보다 보면 저는 외국 경험이 거의 없기 때문에 '다른 나라 사람들도 하루 종일 이렇게 어디론가 오가며 쉬지 않고 바쁘게 움직일까?' 하는 의문이 들었던 적도 여러 번 있습니다.

저는 왠지 정상적이지는 않다는 생각이 듭니다. 정상적인지 아닌지는 매우 주관적인 판단의 영역이므로 각자의 생각의 차이에 따라 달라질 것입니다.

그러나, 한 사회의 만족지수 또는 행복지수라고 할 수 있는 자살률은 우리나라가 세계 최고입니다. 반면 합계 출산율은 세계 최저 수준입니다.

이러한 지표들을 보면, 우리나라 사람들 정말 바쁘게 열심히는 살고 있지만, 결코 만족스럽지도 않고 행복하지도 않은 삶을 힘겹게 살아가고 있는 것입니다.

우리가 혼잡한 도시를 지나가다 보면 온갖 것이 시선을 붙잡고 신경도 쓰이게 합니다.

그런데, 꼭 혼잡한 도시를 지날 때만 그러는 것은 아닙니다. 일상생활 속에서도 우리의 시선을 빼앗고 마음을 빼앗는 것들은 부지기수입니다.

이 세상에서 가장 중요한 일은 '자기 자신을 아는 일'이라고 합니다. 그런데, 자기 자신에게 도통 시선조차 주지를 않고 살아간다고도 합니다.

가장 중요한 일이라고 하면서, 그 일을 외면하고 훨씬 덜 중요한 일에만 몰두하는 모순된 행동을 하고 살아가고 있는 것입니다.

자기 자신을 들여다보고 알기 위해서는 혼자만의 시간이 꼭 필요합니다.
자기 자신에게 집중하기 위해서는 외부와 단절된 장소가 더욱 적합할 것입니다.

그러나, 현대인들은 혼자만의 시간을 갖는 것 자체를 부정적으로 인식하는 경향마저 있습니다. 매우 잘못된 인식이라고 생각합니다.

혼자만의 시간을 갖는 방법은 각자의 여건에 따라 다양할 수가 있습니다. 혼자만의 여행을 떠나거나 조용한 산사 등을 찾는 것도 좋은 방법일 수 있습니다.

저는 아침 시간을 좋아합니다. 시골 출신이라서 그러는지 특별한 경우가 아니면 보통은 습관적으로 아침에 빨리 깨어납니다. 요즘은 조용히 이것저것 생각하고 생각나는 것들을 핸드폰 등에 적어 보기도 합니다. 이것저것 적다 보면 생각이 정리가 되고 깊이도 생기는 느낌입니다.

이때만큼은 가급적 다양한 생각을 하려고 합니다. 조금은 고상하고 철학적인 듯한 문제, 어떻게 살아야 하나 등 인생에 관한 문제 등입니다. 저 자신과의 대화의 시간이기도 합니다.

그냥 침대에 누운 자세입니다. 굳이 책상에 앉아 생각할 필요는 없습니다. 책상에 앉아 생각하려고 하면 오히려 생각이 나지 않습니다.

이 시간이 참 좋습니다.
뭔가 내가 살아 있고 영혼이 살아 있음을 느끼기도 합니다.

가끔 자기 자신만을 위한 외부와 절저히 차단된 은신처가 필요합니다.
오직 혼자의 고독과 자유와 사유를 즐길 수 있는 장소와 시간입니다.

우리는 일만 하기 태어난 존재는 아닙니다. 그리고, 일만 하며 살 수도 없습니다. 적당한 휴식이 필요한 것처럼 적당한 사유도 필요한 존재입니다.

이것이 인간을 인간답게 하는 것이기도 합니다.

아무 생각 없이 습관대로만 살아가는 인생은 한 번뿐인 자기 자신의 인생을 송두리째 잃어버리게 될 것입니다.

자신의 마음과 영혼이 가장 안락한 안식처라고 합니다. 가끔 방문하여 함께할 필요가 있어 보입니다.

자신의 내면을 들여다보며 사유하는 것은 정신적인 운동이라고 표현할 수도 있을 듯합니다. 이와는 정반대로 조용한 휴식이라고도 표현할 수도 있을 것입니다.

우리나라 사람들은 질주 본능이 매우 강하다고 생각됩니다. 어딘지 방향은 잘 모르면서도 계속해서 달리기만 합니다. 이러다가 방향이라도 잘못되면 정말 큰일입니다.

가끔 쉼표를 둘 필요가 있습니다. 자기 자신이 진정으로 필요한 것이 무엇인지, 전정으로 원하는 것이 무엇인지도 가끔 생각할 여유를 반드시 가져야만 합니다.

우리의 몸은 본능적으로도 반응하지만 많은 사유의 결과로 움직이기도 합니다. 우리 행동의 방향타 역할을 하는 것이 사유입니다.

그래야 나중에 체력과 힘이 거의 고갈될 시점에 엉뚱한 지점에서 허탈한 한숨을 내쉬지 않게 될 것입니다.

나에 대한 다른 사람의
평판의 허망함

호랑이는 죽으면 가죽을 남기고 사람은 죽으면 이름을 남긴다는 말이 있습니다. 사람의 명예를 중시하는 유교적 문화의 영향을 상당히 받은 것입니다.

어느 정도는 일리가 있다고도 생각됩니다. 실제로 살아가면서 이를 중시하는 경향도 상당히 강합니다. 그러다 보면, 다른 사람으로부터 받은 평판이라는 것에 의미를 두고 이것에 기뻐도 하고 슬퍼하기도 합니다.

그러나, 우리 모두는 각자가 고유한 존재 가치를 가지고 있습니다. 다른 사람이 대신할 수 없고, 나 자신이 다른 사람이 될 수도 없는 그런 가치입니다. 결국, 좋든 싫든 상관없이 자기 자신의 인생을 살아갈 수밖에 없습니다.

그러나, 살아가면서 자신의 삶과 고유한 가치를 지키기가 여간 어렵지 않습니다. 평판을 위하여 다른 사람 눈치를 많이 봐야 하기 때문입니다. 심지어 다른 사람이 전혀 눈치를 주지도 않음에도 불구하고 다른 사람의 눈치를 가져와서 거기에 신경을 씁니다.

그러나, 다른 사람으로부터의 평판이나 눈치만 보고 살기에는 우리의 인생은 너무나 신속하게 모든 것이 사라져 버리고 말 것입니다.

우리의 육체는 죽음을 통하여 물질세계로 사라지고 말 것입니다. 그리고, 우리에 대한 보이지 않고 만질 수도 없는 기억이라는 것들과 평판이라는 것들도 시간의 흐름 속으로 순식간에 사라져 버릴 것입니다.

우리는 항상 우리 자신에 대한 현재의 평판이나 사후의 명성을 중요시합니다. 그러나, 조금만 생각해 보면 이것은 한편으로 너무나 허망한 것이기도 합니다.

현재의 평판은 물론이거니와 우리의 사후의 평판도, 이를 기억해 줄 우리 사후에 잠시 더 살아남은 사람들도 우리와 똑같이 얼마 지나지 않아 죽을 것이고 우리에 대한 기억은 시간 속에 묻히고 말 것이기 때문입니다. 기억하는 자와 기억되는 자, 모두가 짧게 지나가는 인생이기는 마찬가지입니다.

방금 친구 어머님 장례식장에 다녀왔습니다. 과거 시골에서 부모님 등이 돌아가셨을 때 몇 날 며칠을 울고불고하는 분위기는 거의 사라졌지만, 여전히 장례식에 참석하여 슬퍼하고 애도하기는 마찬가지입니다.

그러나, 장례식에 참여하여 돌아가신 분에 대해 조문을 하는 모든 사람도 머지않아 슬픔과 애도의 대상이 될 것입니다. 그렇게 생각하면 죽은 자를 그다지 슬퍼할 필요도 없을 것도 같습니다. 죽은 자나 얼마 지나지 않아 죽을 자나 별반 차이가 없을 것이기 때문입니다.

이것은 분명한 객관적 사실인데, 자신은 영원히 살 것처럼 다른 사람들의 죽음으로 슬픔에 잠기는 감정이 생겨납니다. 이러한 감정도 한편으로는 너무나 자연스러운 현상이기도 합니다.

자기에게 주어진 운명을 기꺼이 받아들이고 사랑하는 사람만이 진정한 자유와 행복을 느낄 수 있다고 합니다. 곰곰이 곱씹어 생각해 볼 가치가 있는 말이라고 생각됩니다.

자신에 대한 다른 사람의 평판도 신경 쓰이는 것은 우리가 여러 사람과 어울려 살아야 하는 사회성이 매우 강한 존재이기 때문입니다.

그러나, 다른 사람의 평판이라는 너무나도 허망한 것에 대해 너무 신경을 쓰다 보면, 더 소중한 것들을 잃어버릴 가능성이 훨씬 커질 것입니다.

알렉산더 대왕 이야기에서
배워야 할 것들

　오늘은 주일입니다. 저는 찔끔찔끔 여러 교회에 다녀 본 적은 있지만, 지금 교회에 다니지는 않습니다.

　그러나, 하루에 10시간 이상씩 수개월을 성경만 읽은 적이 있고, 몇 분의 좋은 목사님들 설교 말씀은 유튜브 등을 통해 대부분 들어 보았습니다.

　매우 인상적인 설교 말씀들 몇 가지가 있습니다. 그중에서 알렉산더 대왕에 관한 모 목사님의 설교 말씀입니다. 종교를 떠나 곰곰이 생각해 볼 일이라고 생각되어 소개합니다.

　알렉산더 대왕은 고대 그리스 시대에 엄청난 지혜, 용맹성, 정치적 감각 등 많은 재능을 갖고 태어났고, 비록 당시 변방 국가였지만 마케도니아 왕의 아들이었습니다.

　그는 20세에 왕위에 올라 자신의 재능을 십분 발휘하여, 그리스 지역뿐만 아니라, 당시 최강대국인 페르시아를 정벌하는 등 엄청난 제국을 건설했습니다.

그러나, 약 30세가 되던 해에 정벌 중 풍토병에 죽게 됩니다.

죽으면서 유언을 남겼다고 합니다.

'내 관 양쪽에 구멍을 두 개 뚫어 내 두 손을 내놓으라는 것'입니다. 후세에 나는 이렇게 큰 제국을 만들었지만 빈손으로 간다는 교훈을 남기고자 하는 취지였다고 합니다.

요즘 세상 사람들 다 아는 소위 빈손으로 태어나서 빈손으로 죽는다는 '공수래공수거'입니다. 그러나, 자신이 수십 년밖에 살지 못하고 빈손으로 떠난다는 명백한 사실을 알면서도, 대부분의 사람은 자신이 영원히 살 것처럼 지나친 욕심에 따라 행동합니다.

실제로 대부분의 사람이 대부분의 인생을 심각하고 모순된 생각과 행동들을 하고 살고 있는 것입니다.

대부분 역사서를 보면, 알렉산더 대왕은 대단한 인물로 묘사되어 있습니다.

대단한 인물인 것은 분명한 사실입니다. 남들이 이루지 못하는 엄청난 일을 이루었고 영향력도 나름 컸기 때문입니다.

한편으로는 우리가 너무나 잘 알고 있듯이 역사는 항상 승자의 입장에서 기록된다는 것입니다.

어떤 전쟁이든 참혹하고 비참하기는 마찬가지입니다. 오직 승자가 나중에 추상적으로 결과만을 놓고 볼 때는 좀 멋있고 위대하게 보일지 모르지만, 누군가의 아버지와 엄마, 그리고 누군가의 아들과 딸들이 너무나 처참한 모습으로 죽어 갈 수밖에 없는 것이 전쟁입니다.

전쟁을 아무리 멋지게 묘사하더라도 누군가의 소중한 가족을 서로 죽이는 것 그 이상도 그 이하도 아닐 것입니다.

이와 같이 알렉산더의 업적이라는 것도 다른 나라와 민족을 정복한 것입니다. 필연적으로 무고한 사람을 죽여야 하는 등 상대방 측 입장에서 보면 나쁜 놈일 뿐입니다.

알렉산더가 왕위에 오른 뒤 자신이 10년밖에 살지 못한다는 사실을 알았어도 무고한 수많은 사람을 죽이고. 노예로 만들어 죽을 때까지 비참한 삶을 살게 하면서까지 본인의 야욕과 욕심에 집착했을지는 의문입니다.

무지한 인간의 과욕이고, 엄청난 좋은 재능과 배경을, 보기에 따라서는 다른 사람들을 죽이는 데만 쓰고 죽고, 결국 '죄'만 남겼다고 볼 수도 있습니다.

역으로 생각해 보면, 알렉산더가 훨씬 더 작은 재능과 안 좋은 배경을 가졌더라면, 이만큼 큰 죄는 짓지 않아도 될 것이고, 이런 죄를 지을 수도 없었을 것입니다.

아무튼, 알렉산더는 그나마 죽는 순간에는 이를 깨달은 듯 보입니다. 제가 보기에는 많은 사람이 죽는 순간까지도 깨닫지 못한 듯도 합니다.

우리는 도전 정신과 꿈과 야망을 매우 중요한 가치라고 교육받아 왔습니다. 사회를 유지하고 발전시키는 데는 많은 도움이 될 것입니다.

그러나, 끊임없이 도전하고, 커다란 꿈과 야망에 따라 사는 사람 개인의 삶의 가치는 설령 꿈과 야망을 이루었다고 하더라도 너무나 많은 것을 잃어버리는 것은 아닌지 의문입니다.

예금 잔고와
시간의 잔고

　당신의 예금 잔고는 안녕하십니까? 당신의 시간의 잔고도 안녕하신
지요?

　우리 인간은 매일 음식을 먹어야 살아갈 수 있습니다. 거처할 안락
한 공간도 필요합니다. 그만큼 냉혹한 현실의 실존적이고 경제적인
존재입니다. 현실을 극복하고 적응해야 살아갈 수 있습니다.

　그러다 보면, 우리는 늘 예금 잔고에 신경을 쓸 수밖에 없습니다. 예
금 잔고가 어느 정도 되어야 안심이 조금 됩니다. 그래서, 예금 잔고
를 늘리거나 줄어들지 않게 하기 위해 온갖 노력을 합니다.

　시간의 잔고는 태어나는 순간부터 매 순간 감소합니다. 잔고가 늘어
나는 법이 없습니다.

　그리고, 우리는 예금 잔고는 정확하게 알 수 있지만, 자신의 시간의
잔고는 정확하게 알 수가 없고 어림짐작할 뿐입니다.

삶의 수단으로서 예금 잔고가 매우 중요하고 실제로 대부분 중요시 합니다.

그런데, 정작 정말 중요한 '자기 인생의 시간의 잔고'가 얼마인지는 소홀하게 지나치는 경우가 많습니다.

생명이 유한하다는 사실은 우리 모두가 다 아는 사실입니다. 그리고, 우리의 머리 위에 맑고 푸른 하늘이 항상 있다는 것도 다 아는 사실입니다.

저 경우만 보더라도 현실 생활을 하다 보면 일부러 하늘을 쳐다보는 경우는 일 년에 몇 번 되지 않는 것과 마찬가지로, '시간의 잔고'에 대해서도 심각하게 그 의미를 생각하는 경우는 많지 않습니다.

인생은 보는 측면과 각도에 따라 모습과 의미가 달라질 수 있습니다.

현실에 적응하면서 살아가는 우리네 인생은 어찌 보면 한편으로는 육신적 죽음을 향해 매일매일 가고 있다고 볼 수 있습니다.

죽음을 생각한다는 것은 결코 유쾌한 일이 아닙니다. 괜한 허무주의에 빠질 위험도 있습니다.

그러나, 저는 반대라고 생각합니다.

우리가 죽음과 시간의 잔고를 염두에 두고 살아갈 때, 훨씬 올바른 방향으로 의미 있는 삶을 살아갈 수 있고, 오히려 좀 더 인생의 여유로움과 소소한 행복을 즐길 수 있을 듯합니다.

18세기까지만 하더라도 평균 수명이 30세에 불과했습니다. 제가 태어났던 약 60년 전인 1960년대만 해도 54세입니다.

어릴 적 시골에서 지금의 제 나이이면 완전 할아버지입니다. 지금은 평균 수명이 73세까지 늘어났다고 합니다.

생각해 보니 세월이 꽤 흘렀습니다.

'나의 시간의 잔고는 얼마이지?' 생각해 봅니다. 또 그중에서도 건강하게 활동할 수 있는 활용 가능한 실질적 잔고는 얼마일까를 생각해 봅니다.

어느 스크루지
할아버지 이야기

서울로 올라와 가끔 강화도에 놀러 갈 기회가 있었습니다. 전혀 개발이 되지 않는 등 왠지 많은 매력을 갖고 있는 곳입니다. 그래서, 기회가 되면 강화도에 집을 하나 사서 살고 싶다는 생각을 갖고 있었습니다.

40대 중반 무렵에 어느 정도 경제적 여유가 생겨 집을 살 수 있었습니다. 처음으로 집을 산 곳이 강화도입니다. 저는 실제 전세를 살면서 주말 주택을 먼저 산 것입니다.

주말마다 가족들과 어머니를 모시고 강화도에 가서 텃밭을 가꾸고 시골집을 더 예쁘게 하기 위해 나무도 심고 단장하는 일이 정말 재미있었습니다.

보통, 그 무렵 제 나이쯤에는 주말에 골프들을 많이 합니다. 그러나, 저는 골프를 하는 것보다 주말에 강화도에 가는 것이 훨씬 좋았기 때문에 골프를 하지 않고 지금도 골프를 할 줄 모릅니다. 골프 도구를 사고 코치도 받고 필드라는 곳도 몇 번 나가 봤지만 재미있다거나 좋다는 생각이 전혀 들지 않습니다.

아무튼, 집을 산 이후 나중에 안 일이지만 그 마을은 특정 성씨들이 모여 사는 집성촌이기도 하여 한 집 걸러 모두가 친척입니다.

그런데, 강화도 집 옆집에 그 동네에서는 땅이 가장 많은 한 할아버지가 할머니는 돌아가시고 혼자 살고 계셨습니다. 자식도 6남매나 두어 자식 부자이기도 합니다. 너무 인색하고 욕심이 얼마나 많은지 여러 일화가 동네에 퍼져 있을 정도입니다.

그 댁 할머니가 이웃 친척 집에 과일과 음식을 주었는데, 할아버지가 그 사실을 알고 대노하면서 왜 귀한 음식을 남에게 주냐면서 다시 찾아오도록 했다는 일화부터 시작하여, 시집간 딸이 친구 몇 명과 아버지 집에 찾아와서 고구마 순을 뜯다가 혼이 나고 쫓겨난 일화 등 웃지 못할 일화들이 들으려고 의도하지 않았음에도 불구하고 자연히 들려옵니다.

저야 상관할 바 아니고 '크게 부딪히지 않고 잘 지내면 되겠지.' 하고 가끔 갖고 간 과일 등도 갖다 드리곤 하였습니다. 아침에 일찍 일어나 무언가를 하고 있으면 할아버지도 일찍 일어나 대문을 나옵니다.

그러면, 그 할아버지가 귀가 조금 어두우셔서 "할아버지 안녕하세요!" 하고 소리쳐서 인사하면, 고개를 끄덕이시면서 웃는 모습이 어린아이처럼 맑아 보여 좋았습니다. 그래서 전해 오는 일화들이 잘못된 것일 수 있다는 생각을 하였습니다.

그렇게 그럭저럭 잘 지내고 있다가 제가 마당에 정자를 하나 짓고 있었습니다. 그 할아버지께서 작대기를 하나 들고 오시더니 왜 정자를 짓느냐고 엄청 화를 내시는 것입니다.

갑자기 어안이 벙벙하여 왜 그러시느냐 여쭤보니, 마당에 정자를 지으면 옆 밭에 그늘이 져서 농사에 피해를 줄 수 있다는 것입니다. 사실 할아버지 소유의 저희 집 마당의 옆 밭은 일손이 부족해 묵은 밭일 뿐만 아니라, 정자를 지어도 거리 등이 있어 그늘의 영향도 거의 없습니다.

제가 가만히 그 할아버지를 지켜보니, 땅이 많다 보니 아침 일찍 일어나서 밤늦게까지 일만 합니다. 그러다, 병이 들어 요양원에 2년쯤 있다 3년 전쯤 돌아가셨습니다.

그 할아버지에게 그 많은 땅과 재산은 무슨 의미였을까 생각하게 됩니다. 다른 사람을 위해서는 물론이고 본인을 위해서도 쓰지 못하고, 오직 짐이었을 뿐이라는 생각이 듭니다.

차라리, 땅과 재산이 없었으면 일도 덜 해도 되고 다른 사람들에게 그렇게까지 인색하게 할 필요도 없었을 것이기 때문입니다.

할아버지 내외분이 모두 돌아가시고, 그 땅들과 재산들이 자식들에게 고스란히 넘어갔습니다.

그러나, 할아버지가 살아 계셨을 때 자식들이 할아버지를 대하는 태도나 할아버지가 돌아가신 이후 자식들의 행태를 보면 많은 땅과 재산을 물려주었다고 해서 그다지 고맙게 생각하는 것도 아닌 것 같아 보입니다.

자식에게 조금이라도 많은 재산을 물려주려는 것은 무의식적인 본능에 가까운 행위이고 인류의 역사이기도 합니다. 그 할아버지가 자식들에게 조금이라도 더 많은 것을 물려주기 위해 그토록 인색했는지 아니면 본능적 천성인지는 저는 알 수 없습니다.

그러나, 이러한 행태가 얼마나 의미가 있을지는 좀 생각해 볼 필요는 있는 듯합니다. 오랫동안 우리의 가치관을 지배하고 있는 일종의 이데올로기가 아닐까 하는 생각도 해 봅니다.

모든 이데올로기가 그러하듯이 그 이데올로기가 지배하고 있는 당시에는 너무나 당연시되었던 것도 조금 시간이 지나고 상황이 변하면 얼마나 터무니없었던 것이었는지 밝혀지기도 합니다.

예컨대, 일본의 가미카제가 당시에는 의미가 있었을지 모르지만, 시간이 불과 조금 지난 후에는 대부분 '엉터리 이데올로기'라고 생각합니다.

자식에게 더 많은 재산을 물려주고 싶은 본능적인 이데올로기도 마찬가지일 수 있다는 생각도 듭니다.

대부분의 사람은 더 높은 지위나 더 많은 재산을 갖기를 원합니다. 그러기 위해서 정말 다른 것은 생각하지 못하고 살아가고 있습니다.

원하고 노력한다고 얻을 수 있는 것도 아니지만, 설령 그것을 성취하였다고 하여 얼마나 큰 의미가 있을지는 모릅니다. 생각하기 나름의 일입니다.

"자신이 번 돈이나 자신이 소유하고 있는 돈이 모두 자신의 것이 아니라, 그중에서 자기 자신이나 다른 사람들을 위해 의미 있게 쓴 돈만이 진정한 의미에서 자신의 것이다."라는 말이 있습니다.

버는 것도 중요하지만 그것을 어떻게 잘 활용하느냐가 훨씬 중요해 보입니다.
아무리 많이 벌고 아무리 많이 갖고 있어도 그것을 잘 활용할 줄 모른다면 오히려 그것이 짐이 될 뿐이기 때문입니다.

그 할아버지의 삶을 지켜보면서 정도의 차이는 있지만 저도 비슷한 모습으로 살아오고 살아가고 있는 건 아닌지 돌아보게 됩니다.

'따뜻한 밥 한 끼'라는
말이 주는 정

어렸을 때 시골에서는 하루 중 어느 때 사람들을 만나더라도 흔한 인사말이 "진지 드셨어요?"였습니다. 그만큼 가난했던 시절이라 식사 자체가 매우 의미 있었기 때문에 그런 인사를 했을 것입니다.

당시 시골에서는 옆집 숟가락이 몇 개 있는지 알 수 있을 정도로 이웃집들뿐만 아니라 건넛마을의 집들 사정들을 거의 속속들이 서로 알고 지냈습니다.

여름에 마당에서 가족끼리 식사를 하다가 우연히 마을 사람이 지나가면, "여기 오셔서 한술 뜨고 가시오."라고 얘기하는 것이 예의에 속하기도 하였습니다.

요즘은 사정이 많이 바뀌었지만 여전히 오랜만에 만나 대화를 하다 보면 "언제 우리 식사나 한번 하시지요."라는 말을 주고받곤 합니다.

'따뜻한 밥 한 끼'란 말, 참 정감 있으면서 의미가 있습니다. 요즘은 밥 못 먹는 사람이 거의 없어졌습니다. 그럼에도 이 말이 저 같은 시골 출신에게는 더욱더 마음에 와닿습니다. 정성과 마음이 듬뿍 담겨 있다고 느껴지기 때문입니다.

지금은 육체적으로 배가 고파서 죽는 사람은 없습니다. 그러나, 정신적으로 허기져서 죽는 사람은 많습니다.

우리나라 자살률 중 특히 노인 자살률이 매우 높습니다. 언뜻 통계 등 겉으로만 보면 노인 빈곤율이 높기 때문에 가난해서 죽는 것으로 해석될 수 있습니다.

대학에 다닐 때 서울대 3대 천재로 유명하셨던 정운찬 교수님께 경제학원론 과목과 경제통계학 과목 강의를 들었습니다. 경제통계학 과목 첫 수업에 역시 멋지게 한 말씀 하십니다. "통계는 얼마든지 조작되고 왜곡할 수 있다는 것만 알면 내 수업 다 들은 것이다."

다른 사람이 똑같은 말을 했다면 그렇게 멋있다고 생각하지 않았을 것입니다. 입학할 때부터 정운찬 교수님에 대한 평판은 대단했기 때문에 행동 하나하나가 나름 의미가 있어 보이기까지 했습니다.

심지어 얼굴까지 미남으로 보입니다. 지금 생각해 보면, 다른 건 몰라도 얼굴이 영화배우 같지는 않습니다.

아무튼, 이 말은 통계는 나타난 숫자보다는 '해석'이 매우 중요하다는 의미로 받아들여집니다.

우리나라 현재의 80대 이상은 전쟁을 겪은 세대입니다. 대부분은 극심한 공포와 찢어지게 가난한 시절을 보내신 분들입니다.

이런 역전의 용사들이 그깟 가난 때문에 자살을 할 것 같지는 않습니다. 저는 함축적으로 '따뜻한 밥 한 끼의 정'이 부족해서 이를 이기지 못하신 것이라고 생각합니다. 즉, 버림받은 느낌 또는 외로움이 사람을 죽게 만든다고 생각합니다.

요즘 세상이 너무 삭막합니다. 만나는 사람, 부딪히는 사람은 많은데, 정과 사랑이 메말라 버렸습니다. 사람들의 정서와 감정은 나이와 무관한 공통점도 많습니다.

지위가 높은지 여부, 재산의 많고 적음의 여부와도 무관한 공통점이 있습니다.
러시아의 대문호 톨스토이는 『사람은 무엇으로 사는가』라는 작품에서 '사랑'이라고 답하고 있습니다.

부자만이 다른 사람을 도울 수 있는 건 아닙니다. 친절한 작은 행동, 용기와 희망을 줄 수 있는 말 한마디가 더 중요한 역할을 할 수도 있습니다.

사람은 누구나 사랑을 받아야 하고, 그리고 사랑을 해야 살아갈 수 있습니다. 그런 의미에서라도 삭막한 현실 속에서 힘겹게 살아가고 있는 우리에게 '따뜻한 밥 한 끼'는 정말 정겨운 말이라고 생각합니다.

꽃과 잡초 인생

저는 오래전부터 전혀 인연이 없는 일산에 정착하여 살고 있습니다. 잘 계획된 신도시이기도 하지만 호수공원뿐만 아니라 곳곳에 공원들과 꽃과 나무 등이 많아 이곳이 좋았기 때문입니다.

서울에 나갔다가 자유로를 따라 들어오는 길 오른쪽에 보면 커다란 환영 광고가 서 있습니다. '꽃보다 아름다운 사람들의 도시 고양시', 제가 살고 있는 일산의 슬로건이기도 합니다.

이 슬로건을 볼 때마다, 왜인지 안치환의 「사람이 꽃보다 아름다워」 라는 노래도 저절로 생각나곤 합니다. 이 노랫말처럼, 꽃이 아무리 아름답다고 하더라도 한낱 식물을 사람과 비유할 바는 못 됩니다.

일산은 호수공원을 비롯하여 도시 전체가 녹지가 많고 꽃도 많습니다. 매년 봄이면 꽃 박람회도 열립니다. 꽃의 도시라고 할 수 있습니다.

꽃은 아름다움 속에 슬픔을 담고 있다는 생각이 들 때가 많습니다. 금방 시들어 버리기 때문입니다. 그렇게 예뻤던 꽃이 시들면 그만큼 보기 흉한 것도 없습니다. 아마도 너무나 예뻤던 조금 전 모습과 대비되기 때문이기도 할 것입니다.

사람들도 비슷합니다. 젊을 때 그렇게 예쁘고 멋있던 영화배우들도 시간이 한참 지나면 결국 시든 꽃과 같이 되어 버립니다.

반면, 꽃 사이로 자라는 잡초는 비록 사람들의 눈길을 끌지는 못하지만 큰 변화 없이 묵묵히 그 자리를 지키고 있습니다.

꽃잎들을 따서 우리가 사용하는 향수를 만들어 냅니다. 독특한 향기들을 갖고 있기 때문입니다. 그러나, 잡초도 뽑아 잘 말려 불에 태우면 꽃향기 못지않은 그윽한 향기가 납니다.

사람들의 살아가는 모습은 정말 다양합니다. 굳이 비유하면, 꽃과 같이 다른 사람의 온갖 부러움을 받는 화려한 인생도 있고, 잡초처럼 다른 사람들의 주목은커녕 멸시와 천대만 받다가 죽는 인생도 많이 있습니다.

그러나, 향기의 자극은 다르지만 '각자의 특유한 인생의 향기'를 갖고 있다고 생각합니다. 그 자체로 나름대로 의미가 있기 때문입니다.

저는 노래방에 가면 나훈아 노래를 많이 부르는 편입니다. 그중에서 좀 멋지게 폼도 잡고 나름 이마의 주름도 찌푸려 가며 엉덩이도 살짝살짝 흔들며 부를 수 있는 노래가 바로 「잡초」입니다.

노랫말은 대략 이렇습니다.

아무도 찾지 않는 바람 부는 언덕에 이름 모를 잡초야
한 송이 꽃이라면 향기라도 있을 텐데 이것저것 아무것도 없는 잡
초라네
발이라도 있으면은 님 찾아갈 텐데 손이라도 있으면은 님 부를 텐데
이것저것 아무것도 가진 게 없어 아무것도 가진 게 없네

대지를 적시는 비

어제 오랜 가뭄 끝에 많지는 않지만 반가운 비가 내렸습니다. 우리나라 논농사는 가뭄의 영향을 거의 받지 않을 만큼 관개 시설이 잘 정비되어 있지만, 밭농사는 그렇지 않습니다.

가뭄 때 물을 줄 수 있는 곳은 극히 제한적입니다. 설령 물을 주어도 주변이 메마르니 금방 말라 버리므로 계속 주지 않으면 효과가 금방 사라집니다.

그러나, 비가 오면 비록 양은 적더라도 온 대지를 적시므로 금방 마르지 않습니다.

인간 세상도 비슷하다는 생각이 듭니다. 주변이 넓게 골고루 잘 살면 그 혜택이 알게 모르게 '선순환'을 하고 '지속 가능성'을 높입니다.

저는 투자를 오래 하다 보니 대주주들이 못된 짓을 하는 것을 자주 봅니다. 대부분 배 터지도록 가진 자들이 더 많이 갖기 위해 그것도 부당한 방법으로 덜 가진 자의 몫을 빼앗아 가는 것입니다. 배부른 돼지 새끼들이 벼룩의 간까지 빼먹으려는 것입니다.

제 나름대로 바로잡아 보려 하지만 아직은 우리 사회가 계란으로 바위 치는 격입니다. 대부분 가진 자의 편입니다. 심지어 덜 가진 자까지도 그렇습니다.

저는 우리나라 경제학을 공부하면서 우리나라의 재벌들이 자신들의 노력만으로 이룬 것이 아님을 잘 알게 되었습니다. 엄청난 특혜가 있었고 그 저변에는 일반 국민들의 희생이 있었습니다.

이를 떠나서라도 더 많이 가진 자는 더 많은 의무를 져야 함이 당연합니다. 그런데, 현실에서는 오히려 반대인 경우가 너무나 많은 것을 보게 됩니다.

더 가진 자들의 탐욕의 끝이 보이지 않습니다. 슬픈 현실입니다.

가진 자들이 나누면서 베풀지는 못할망정, 덜 가진 자들의 몫까지 훔쳐 가는 행태는 근절되어 '함께 사는 세상'이 되었으면 하는 바람을 비가 젖은 대지를 보며 가져 봅니다.

잃을 것이 없을 때 느끼는
자유와 용기

　저는 이런 생각을 갖고 있습니다. 나보다 힘들게 사는 사람들과는 가급적 싸우지 말고, 싸울 거면 나보다 나은 사람들과 싸우자는 것입니다.

　연민의 정에 바탕을 둔 측면도 있지만 매우 합리적인 측면도 있습니다. 잃을 것이 많은 사람은 예측 불가능한 막가파식 행동을 절대 못 합니다. 그렇게 했다가는 엄청난 대가를 치러야 하기 때문입니다. 즉, 저의 입장에서는 예측 가능한 싸움을 할 수 있는 것입니다.

　잃을 것이 많은 사람은 여러 측면에서 제약이 많고, 자신이 갖고 있는 것을 잃어버리지는 않을까 하는 걱정도 많을 수밖에 없습니다.

　스티브 잡스는 엄청난 성공을 하였음에도 비교적 이른 나이에 췌장암이라는 불치의 병에 걸려 죽었습니다.

　그는 어마어마한 부와 명성을 가졌음에도 자신을 "이미 알몸이다." 라고 자주 표현하였습니다. 불치의 병에 걸리기 이전부터 죽음을 항상 생각했기 때문입니다. 이런 인식이 그를 자유롭게 하고 도전할 수 있는 힘과 용기를 갖게 하였습니다.

다음 내용은 스티브 잡스의 스탠퍼드대학에서의 매우 유명한 연설 내용입니다.

"제가 곧 죽을 것이라는 것을 생각하는 것은, 제가 인생에서 큰 결정들을 내리는 데 도움을 준 가장 중요한 도구였습니다.

모든 외부의 기대, 자부심, 좌절과 실패의 두려움, 그런 것은 죽음 앞에서는 아무것도 아니기 때문에, 진정으로 중요한 것만을 남기게 됩니다.

죽음을 생각하는 것은 당신이 무엇을 잃을지도 모른다는 두려움의 함정을 벗어나는 최고의 길입니다. 여러분은 이미 모든 것을 잃었습니다. 그러므로 여러분의 마음을 따라가지 못할 이유가 전혀 없습니다."

객관적인 상황이 아니라 자신의 주관적인 마음 내지는 자세를 강조한 것입니다.
덜어 내고 비우면 진정 중요한 것이 보이기 시작하고, 오히려 용기도 생겨난다는 의미로도 받아들여집니다.

우리는 무엇을 얻기 위해 탐욕에 빠지고, 무엇을 잃지는 않을까 염려하여 집착하고 두려워도 합니다.

저는 가끔 인간은 평등한가를 생각해 봅니다. 시민혁명 이후에는 당위론으로는 적어도 평등하다고 합니다. 그러나, 현실은 결코 평등하지 않습니다.

그럼에도 불구하고 신은 인간을 평등하게 하셨습니다. 사는 동안의 모양새만 조금 다르게 하시고 죽을 때는 완전히 똑같게 하셨기 때문입니다. 죽음이라는 엄청난 발명품을 인간의 속성에 포함시키신 것입니다.

죽음을 생각하는 것은 역설적이게도 많은 위안을 줄 뿐만 아니라 지혜를 갖게 합니다.

톨스토이는 이를 이렇게 표현했습니다.
"죽음을 생각하지 않고 살게 되면 동물과 같은 삶을 살게 되고, 죽음을 항상 염두에 두고 살면 신에 가까운 삶을 살게 된다."

저는 개인적으로 톨스토이의 작품들을 참 좋아합니다. 이 톨스토이의 말에 정말 많은 의미와 지혜가 들어 있다고 생각합니다. 이 말만 잊지 않고 살아도 될 것도 같다는 생각마저 들 정도입니다.

우리는 우리 자신을
얼마나 알고 있을까

"너 자신을 알라."라는 말은 소크라테스 명언으로 널리 알려져 있습니다. 이 말을 소크라테스 정도의 철학자가 말했기에 다행이지, 만약 저 같은 평범한 사람이 대화 중에 다른 사람에게 말했다가는 딱 한 대 맞기 좋은 말입니다.

두산 백과사전의 내용입니다.

"소크라테스는 인간의 지혜가 신에 비하면 하찮은 것에 불과하다는 입장에서, 무엇보다 먼저 자기의 무지(無知)를 아는 엄격한 철학적 반성이 중요하다고 하여 이 격언을 자신의 철학적 활동의 출발점에 두었다.

사람에게 어려운 일이 무엇이냐는 질문을 받고 탈레스는 '자기 자신을 아는 것이 어려운 일이며, 쉬운 일이라면 남을 충고하는 일'이라고 대답하였다고 한다."

세속적인 의미에서 너 자신의 '처지'를 알아야 한다는 의미가 아니라, 인간 본연의 모습 및 한계 등을 인식하라는 화두입니다.

즉, 개개인의 특성을 묻는 것이 아니라 인류에게 던지는 질문입니다. 이 질문에 답하기 위해서는 철학이 필요하고, 신과의 관계 등 종교의 도움이 필요해 보입니다.

인간의 지식과 지혜는 과학 기술의 발전 등을 보면 대단해 보이지만, 철학적이고 종교적인 분야 등으로 넘어오면 여전히 의문투성이입니다.

한편, 무한한 時空 속의 인간은 극히 미미한 존재에 불과합니다. 그리고, 사람들은 끊임없이 잘못을 저지르는 불완전한 존재입니다. 누구도 예외가 없습니다. 즉, 모두가 신의 입장에서 보면 죄의 덩어리들입니다.

이런 상황이라면, 다른 사람과 비교하여 자신은 좀 낫다고 주장하는 것이 별 의미가 없어 보이기도 합니다.

이를 인식하고 인정하는 사람은 나름대로 중심과 방향성을 잡고 살아갈 수 있습니다. 반면, 이를 부정하고 자신을 내세우는 사람은 완전히 쫄딱 망하는 구렁텅이로 빠질 수밖에 없습니다.

제 개인적인 생각입니다.
어정쩡하게 착하게 살면서 자신의 부족함과 죄성을 충분히 인식하지 못하고 사는 것보다는 화끈하게 큰 죄를 짓고 반성과 회개도 화끈하게 하는 것이 결국 더 좋은 결과가 될 수도 있을 것 같다는 생각을 아주 가끔 하기도 합니다.

그렇다고, 일부러 큰 죄를 지을 수는 없는 일입니다. 그러나, 큰 죄인들이 오히려 역설적이게도 진리와 하나님 나라에 더 가까이 갈 가능성이 커 보이기도 합니다.

기독교 관련 서적 등에서 사형수들에 관한 글들을 읽을 기회가 간혹 있습니다. 사형수들은 말 그대로 엄청난 범죄를 저지른 사람들입니다. 사회를 유지해 나가기 위해서는 마땅히 처벌하여 본보기를 보여주어야 합니다.

그러나, 많은 사형수가 사형을 당하는 순간에는 너무나 선한 사람으로 변한다는 것입니다. 어찌 보면, 사형이라는 제도가 어떤 개인의 가장 선한 상태에서 그 사람을 죽이는 제도일 수도 있다는 생각입니다.

일본을 가끔 여행하다 보면, 이렇게 친절한 사람들이 어떻게 역사적으로 그토록 잔인한 전쟁들을 일으켰는지 의아하게 생각될 때가 많이 있습니다.

저는 악한 사람이 따로 있고, 선한 사람이 따로 있다고 생각하지 않습니다.
누구나 환경과 여건에 따라서 양자의 가능성이 항상 열려 있다고 생각합니다.

작은 것에서
기뻐할 줄 알았던 추억

나이가 들어 가면서 확실하게 변한 것이 하나 있습니다. 웬만한 것에 대해서는 기뻐하지 않는다는 것입니다.

시골에 살던 어린 시절에는 아주 조그마한 것에 대해 그토록 기뻐했던 기억들이 한두 가지가 아닙니다.

어머니가 과일이라도 하나 주면, 뛸 듯이 기뻐서 그것을 먹지도 못하고 주머니에 오랫동안 넣어 다녔던 기억, 누나가 구로공단으로 취업하여 명절 때 사 주었던 메리야스 한 벌, 속옷 하나가 그렇게 멋지게 보일 수가 없어서 그것만 입고 다녔던 기억도 있습니다.

지금 생각해 보면 너무나 작은 것에 불과합니다. 나에게도 작은 것에 기뻐하고 감사하게 생각하는 그런 마음이 있었다는 것이 신기할 정도입니다. 그립기도 한 소중한 추억입니다.

지금도 가끔 생각해 봅니다. 지금은 그때 당시와는 비교할 수 없이 저는 많은 것을 가지고 있습니다. 그러나, 어린 시절 느꼈던 그런 기쁨과 감사는 사라져 버리고 말았습니다. 마음으로 엄청 기뻐서 웃는 경우도 그렇게 많지도 않습니다.

마음으로 웃는 '속웃음'이 아니라 표정만 웃는 '겉웃음'인 경우가 더 많기도 합니다.

살면서 너무 일희일비할 필요는 없을 것입니다. 그러나, 기쁜 일이 있으면 뛸 듯이 기쁜 마음이 들었으면 좋겠다는 생각은 합니다.

별을 그리워하는 마음

어린 시절 시골에서 자랐기 때문에 밤하늘의 수많은 별을 볼 수 있었습니다. 공기가 맑은 곳에서만 볼 수 있다는 반딧불도 흔하게 볼 수 있었고, 반딧불을 잡아 호박꽃에 넣어 들고 다니며 어두운 밤에 빛의 역할을 하도록 하기도 했습니다.

그때 당시에는 항상 볼 수 있고 흔한 것이었기 때문에 그것들이 소중하다고 생각하지 못했고 작은 장난거리에 불과했을 것입니다.

그런데, 어느 시기인가부터 밤하늘의 수많은 별이 더 이상 흔한 것이 아니라는 것을 알게 되었습니다. 일부러 하늘을 봐도 어린 시절 시골에서 보았던 하늘의 별과 같은 모습은 쉽게 찾아볼 수 없습니다.

시골을 떠난 이후 시간이 한참 지나 사회생활을 막 시작할 무렵 어느 날 여행을 하다 지리산 자락에서 민박을 할 수 있는 기회가 있었습니다.

민박집 옥상에 있는 평상에 누워 하늘을 보는데 별들이 쏟아질 듯합니다. 어렸을 때 보았던 바로 그 밤하늘의 모습입니다. 정말 오랜만에 보는 모습이라 감탄이 나오고 어린 시절이 잠시 회상되기도 합니다. 밤하늘의 별빛이 너무 좋아 한참을 누워 보았던 기억이 납니다.

이후로 많은 시간이 지났지만 그런 '별들이 쏟아질 듯한 밤하늘'은 한 번도 볼 기회가 없었습니다.

별이 빛나는 그런 하늘이 간절히 보고 싶어질 때가 가끔 있습니다.

얼마 전 신문 한구석에 몽골에서 밤하늘을 보면 지평선에서부터 반대편 지평선까지 정말 쏟아질 듯한 별빛들을 볼 수 있다는 추억담을 담은 글이 실린 것을 보았습니다. 갑자기 한 번도 가 보지 못한 몽골을 가 보고 싶어집니다.

저의 경우, 별을 그리워하는 마음은 어릴 적의 작은 추억들을 그리워하는 마음이기도 하고, 어린 시절을 보낸 시골에서 느끼고 언제나 마음속에 자리 잡고 있는 자연을 그리워하는 마음이기도 한 듯합니다.

제가 이런 마음을 갖게 된 것은 순전히 어린 시절을 시골 중의 시골에서 보냈기 때문일 것이라고 생각됩니다.

그러나, 시골 생활이 낭만적이고 좋았던 추억과 기억만 있는 것은 물론 아닙니다. 힘들었던 기억들도 있습니다. 그중 기억나는 것 중 하나는 밤에 화장실을 가는 일입니다.

산 중턱에 자리 잡고 있는 저희 집에서 깜깜한 밤에 10여 미터 떨어진 화장실 가는 게 그렇게 무서울 수가 없었습니다. 거의 죽기보다 싫었습니다. 어릴 적 저는 아무리 급해도 화장실에서 1분 이상 버틴 적이 거의 없었습니다. 그게 버릇이 되어 한참 성인이 된 뒤에도 저는 화장실에 가면 오래 있지 않고 금방 나오곤 했습니다.

그래서, 화장실에서 오래 있는 사람들을 보게 되면 도대체 화장실에서 무엇을 하고 있나 하는 의문을 가졌던 적이 한두 번이 아닙니다. 잠을 자고 있나 묵상을 하고 있나 등등입니다.

그러나, 어린 시절을 시골에서 보낸 것을 저는 지금 매우 감사하게 생각합니다. 저는 적어도 별을 그리워하는 이 마음만은 소중하게 간직하고 싶습니다.

우리의 어머님께
(시)

유난히 험한 시기였습니다.
삶 자체가 전투였습니다.

그래서, 우리의 어머님은 단순한 어머님이 아닙니다.
전투를 함께 치른 전우이기도 합니다.

정말 용감하셨던 기억밖에 없습니다.
목숨 걸고 싸우시던 모습이 생생합니다.

세월이 흘러 이제 노병의 모습입니다.
과거의 그 용감하셨던 모습을 생각하니 왠지 서글픔마저 밀려옵니다.

이제는 우리가 나서야 할 때가 되었습니다.
우리가 지켜 드려야 할 때입니다.

우리도 머지않아 우리의 어머님의 뒤를 이어
노병의 모습으로 남을 것입니다.

– 시인 김순철

어머니와 함께 찍은 사진

어머니는 정말 부지런하셨습니다. 제가 어렸을 때 기억으로는 못 하시는 것도 없었습니다. 정말 지금까지도 속이 아프신 적은 한 번도 없었습니다. 그런데, 수년 전 아파트 베란다에서 청소를 하시다 고관절 아랫부분이 부러지시고 연세가 드시니 이제는 걷는 것마저 점점 어려워지시고, 허리도 왠지 조금은 굽은 모습입니다.

할머니는 여자 화장실로
(유머)

가족 해외여행을 갈 때는 대부분 어머니를 모시고 갑니다. 연세가 많으시기 때문에 거동도 쉽지는 않습니다. 조금 경사진 곳이라도 만나면 손을 잡아 드려야 합니다. 주로 제가 합니다.

제가 꽤 오래전 어린 아들에게 말했습니다. "자, 준이는 할머니 경호원이다. 할머니 화장실 좀 모시고 갔다 와라." 화장실을 다녀오신 후 어머니가 엄청 웃으십니다. 왜 그러시느냐 물었습니다. 어머니가 아들 준이만을 계속해서 따라가셨다고 합니다. 그런데, 어느 순간이 되자 아들 녀석이 정색을 하면서 할머니에게 이렇게 말했다고 합니다. "할머니는 왜 나만 따라와? 할머니는 옆에 여자 화장실로 가야지. 여긴 남자 화장실이야."

코로나19 초창기에 어머니랑 저랑 둘이서 제주 국제학교 기숙사에서 지내는 아들을 보러 제주에 가서 하룻밤을 자고 온 적이 있습니다. 아래 사진은 그때 당시 할머니를 경호하는 아들의 대견스러운 모습입니다. 이제는 화장실 모시고 다닐 때와는 달리 제법 경호하는 포스도 나옵니다. 이것을 '근접 경호'라고 합니다.

제2장

인생에서 한번
생각해 볼 문제들

꿈과 욕망이 큰 만큼
고통도 커진다

쾌락을 가장 예찬했던 학파가 에피쿠로스학파입니다.
이들도 행복을 괴로움의 부재라고 합니다.

무엇을 간절히 바라는 것만큼 애절한 것이 없습니다.
바라는 대상이 물질적인 것일 수도 있고 정신적인 것일 수도 있습니다.

어떤 사람은 더 많은 부와 명예를 간절히 바랄 수 있습니다.
또 어떤 사람은 지적 욕구가 커서 더 많은 지식을 간절히 바랄 수 있습니다. 또 다른 사람은 낭만적 성향으로 인해 이성에 대한 사랑을 갈구할 수도 있습니다.

그렇다고 해서 한 사람이 한 가지만 바라는 것도 아닙니다.
욕망은 매우 변덕스럽기도 합니다. 대상이 달라지고 크기도 달라지는 등 변화무쌍하기까지 합니다.

무언가를 갈망하고 바란다는 것은 자연스러운 현상입니다. 이것을 잘못이라고 말하기는 어려울 것입니다. 인간 자체의 모습이기 때문입니다. 좀 더 그럴듯하게 표현하면, 욕망이 있다는 것은 살아 있다는 증거이기도 합니다.

욕망은 만족시킬 수가 없습니다. 우리의 경험을 통해 보더라도, 어떤 것을 그토록 원하고 바라서 마침내 그것을 손안에 넣으면 기쁨이 넘칩니다. 그러나, 문제는 그 기쁨이 그다지 오래가지 못한다는 것입니다. 얼마 지나지 않아 아직 채워지지 않는 또 다른 욕망이 스멀스멀 일어나기 때문입니다.

욕망은 에너지의 공급원인 동시에 고통인 것도 사실입니다. 이중성을 갖고 있다고 표현할 수 있을 것입니다.

욕망으로 인한 고통을 줄이는 방법에 대해서는 많은 현자가 마음을 다스리는 법 등 다양한 방법을 제시하기도 합니다.

그중 마음에 와닿는 방법이 하나 있습니다.
삶을 가능한 한 단순화시키라는 것입니다.
삶의 방식이 복잡할수록 욕망도 복잡해질 수밖에 없기 때문입니다.

우리가 욕망을 완전히 없앨 수는 없을 것 같습니다.
이것은 불가능할 뿐만 아니라 바람직해 보이지도 않습니다.

마찬가지로 고통도 인생의 중요한 부분을 이루는 구성 요소입니다.
고통이 없는 삶은 상상하기 어렵습니다.
담담한 마음으로 이를 받아들일 수밖에 없습니다.

수필이라는 새로운 장르를 개척한 위대한 철학자 몽테뉴는 프랑스 귀족인 아버지의 세심한 배려로 다양하고 좋은 교육을 받았습니다.

그의 삶은 화려했지만 많은 불운도 따랐습니다. 큰 욕망 없이 살았고 진솔했고 친구가 단 한 명에 불과했을 정도로 고독을 철저히 즐기기도 했습니다.

말년에는 3층 다락방에 천여 권의 책과 함께 자기 자신을 알기 위해 10여 년을 틀어박혀 씨름하였습니다. 그 결과로 탄생한 것이 대중에게 읽히기를 원하지도 않은 책인 『수상록』입니다.

그는 이렇게 말합니다. "나는 제일 끄트머리도 싫고 제일 앞자리도 싫고 중간이 좋다. 나는 제국이나 왕권과 같은 고결한 운명의 위대함을 바란 적은 없다. 그런 것을 바라기엔 나는 정말 자신을 사랑한다."

욕망이라는 것을 우리는 야망이나 꿈이라는 좀 더 그럴듯한 단어로 표현할 수도 있을 것입니다. 분명 이는 경쟁을 통해 '사회 발전'이라고 표현되는 것을 이루어 가는 원동력이 될 것입니다. 그러나, 정작 가장 중요할 수도 있는 자기 삶에서의 의미는 별개의 것일 것입니다.

세속적 관점에서의 '위대한 삶 또는 대단한 삶'과 '평범하기 그지없는 삶'을 또 다른 관점에서도 한번 생각해 볼 수 있는 '생각할 수 있는 힘'이 필요해 보입니다.

부족함으로 인한 신의 축복

과유불급이란 말이 있습니다. 과한 것은 부족한 것만 못하다는 의미입니다.

예를 들어 우리가 음식을 먹을 때도 맛이 있어 욕심껏 먹거나 음식이 아까워 남은 음식을 다 먹다 보면 과식을 하는 경우가 종종 있습니다. 과식을 하고 나면 먹을 때의 기쁨은 잠시뿐이고 한참 동안은 한마디로 괴롭기만 합니다. 항상 지나고 보면 약간 부족한 듯이 먹어야 기분이 좋습니다.

겨울철 별미 중 하나가 과메기입니다. 겨울에는 가끔 과메기를 파는 가게에서 적당한 양을 포장해 와 가족들과 먹습니다. 역시 별미입니다.

가족들이 모두 과메기를 좋아하다 보니, 몇 년 전 어느 날 인터넷으로 박스로 주문을 하였습니다. 좀 냉장고에 보관해 놓고 먹고 싶을 때마다 가끔 먹기 위해서입니다.

도착한 날 가족들이 실컷 먹었습니다. 그날 모두 상당히 과하게 먹고 말았습니다. 그날 이후 그동안 먹을 때마다 맛있게 먹었던 똑같은 과메기인데 더 이상 그 맛이 나지 않습니다. 과하게 먹어 소위 물려 버린 것입니다. 그날 이후로 거의 십 년이 지났지만 저는 아직까지 과메기를 찾지는 않고 있습니다.

꼭 들어맞지는 않지만 비슷한 말들이 있습니다. 몇 가지를 생각해 봅니다.

우리 속담에도 미운 놈에게 떡 하나 더 준다는 말이 있습니다. 자식에게 매를 아껴서는 안 된다는 성경 구절도 있습니다.

악마가 어떤 사람을 망하게 하는 가장 간단한 방법은 그 사람에게 교만한 마음만 살짝 심어 주면 스스로 알아서 망하게 된다고 합니다.

공룡의 멸종 원인에 대해서는 여러 설이 있습니다. 그중 하나가 덩치를 너무 키운 것입니다.

자원의 저주란 말도 있습니다. 자원이 풍부한 나라가 빈국으로 전락한 경우가 많다는 것입니다. 오히려, 자원과 환경이 적당히 부족한 나라들이 선진국으로 진입하고 이를 유지하는 경우가 훨씬 많습니다. 참 아이러니한 일입니다.

다이아몬드라는 값진 보석은 오랜 시간 강한 압력을 받아야 만들어집니다.

난세에 영웅이 난다고 합니다. 난세는 말 그대로 어렵고 힘든 시련의 시기입니다. 즉, 시련이 영웅을 만들어 낸다는 것입니다. 즉, 태평성대 시기에는 누리기만 하면 되기 때문에 영웅이 나타나기 어렵습니다.

사람이 스스로 신을 갈구하고 다가갈 때는 자신이 극심하게 힘들고 어려울 때입니다. 편한 사람이 스스로 신을 찾는 경우는 거의 없습니다. 스스로를 강조하는 것은 모태 신앙 등을 염두에 둔 것입니다.

신도 자신을 절실히 갈구하는 사람에게만 축복을 내리십니다. 여기서 축복의 의미는 인간들이 생각하는 돈과 같은 것들보다는 훨씬 값진 것입니다.

그런 의미에서, 역설적이게도 부족함과 고난과 역경은 신이 내린 최고의 축복이라고도 할 수 있을 것입니다.

"부족함과 고난을 두려워하지 말고, 과함과 안락함을 두려워하라."라고 표현될 수 있을 듯합니다.

그러나, 모든 것이 그러하듯이 난세가 대부분의 사람에게는 단지 시련일 뿐이고 오직 영웅에게만 자신을 갈고닦을 재료가 되는 것처럼, 부족함과 고난은 재료일 뿐이고 이를 승화시키는 것은 오직 개인의 몫으로 고스란히 남는 것일 수도 있다고 생각합니다.

우리는
얼마나 오래 살아야 하는가

　요즘 부쩍 장례식장에 가야 할 일이 많아졌습니다. 오늘이 토요일이기 때문에 오후가 되면 차가 많이 막힐 것 같아 오전에 제가 살고 있는 일산에서 서울 송파에 있는 경찰병원에 다녀왔습니다.

　얼마 전 연세대 병원 장례식장에 갔을 때, 돌아가신 분들의 영정들이 안내판에 사진으로 있습니다. 그런데, 젊은 나이에 죽는 사람도 상당수를 차지하고 있었습니다. 젊어서도 병 등으로 죽는 사람이 제가 생각했던 것보다는 많은 듯합니다.

　불로장생은 인간의 영원한 꿈이자 희망 사항이기도 합니다. 그러나, 인간의 본질상 결코 이루어질 수 없습니다. 진시황제가 불로초를 찾아 헤매었던 일화도 유명합니다.

　인간의 평균 수명이 많이 늘어났습니다. 그럼에도 대부분의 사람이 더 오래 건강하게 살기 위하여 건강에 많은 신경을 쓰면서 살고 있습니다.

죽으면 지금 살고 있는 세상보다도 훨씬 더 좋은 천국을 간다고 굳게 믿는 사람들도 결코 빨리 죽고 싶어 하지 않습니다. 자신이 모르는 곳으로 가는 것에 대한 일종의 두려움인 듯도 합니다.

제가 가끔 "60세까지 살다 죽은 사람과 80세까지 살다 죽은 사람의 차이가 무엇인가?"라는 질문을 저 스스로나 사람들과의 대화에서 하는 경우가 있습니다.
다소 엉뚱하고도 우문에 가깝게 느껴지는 질문입니다.

이에 대한 대부분 사람의 대답은 가벼운 관찰로도 충분히 알 수 있습니다. 모두 조금이라도 오래 살기를 희망하고, 그러기 위해서 많은 노력을 하고 있다는 것입니다.

이러한 희망과 노력이 잘못되었다거나 무의미하다고 말하기는 어렵다고 생각합니다.

80년 인생과 60년 인생 간의 차이인 20년은 인생의 평균 수명에 비추어 보면 당연히 큰 차이입니다. 많은 일을 할 수 있는 기간이기도 하기 때문입니다.

그런데, 이러한 희망과 노력과는 별개로 "장수하는 것에 얼마나 큰 의미를 부여할 수 있는가? 반드시 장수하는 것이 좋은 것인가?"라는 질문에는 대답이 다를 수도 있을 것입니다.

앞의 질문과 비슷해 보이지만 어떻게 인식하고 받아들이느냐의 문제가 포함되어 있는 조금은 다른 질문이기 때문입니다.

갑작스럽고 예기치 못한 사고나 질병은 누구나 원하지 않는 것입니다. 그럼에도 이런 일들은 주변에서 흔히 일어납니다. 사회 전체적으로 보면 이를 피할 수도 없습니다.

어떤 사고들을 보면 너무 터무니가 없고 허무하여 사람이 살아 있다고 장담하는 것조차 우스울 정도입니다.

우리가 아무리 오래 살고 싶어 하여도 소위 운명이라는 부분이 있는 듯도 합니다. 아무리 조금이라도 더 오래 살기를 희망하거나 노력하여도 의지대로 되지 않는 경우도 많이 있습니다.

젊은 나이에 어떤 사고를 당한 사람이나 질병에 걸려 일찍 죽은 사람을 보면, 보통 불쌍하다거나 안됐다고 생각을 하게 됩니다. 매우 안타까워하고 슬퍼도 합니다.

그런데, 기독교나 이슬람교나 불교나 모두 공통적인 특징은 삶과 인생은 '수고와 고통 그 자체'라고 인식하고 있습니다. 그러면, 말이 조금 달라질 수도 있습니다.

종교를 떠나서라도 좀 초연한 시각에서 보면, 인생의 길고 짧음은 좋고 나쁨의 문제와 관련성이 없고 '그 사람의 몫일 뿐'이라는 생각도 가능해 보입니다.

어차피 죽음도 우리 인생의 중요하고도 피할 수 없는 한 부분을 이루는 요소입니다. 조금씩 다른 모습일 수밖에 없다는 사실도 우리는 잘 알고 있습니다. 따라서, 이를 인정하고 평정심과 담담함으로 인식하고 받아들일 필요도 있습니다.

이와 관련하여 몽테뉴의 『수상록』의 일부를 인용해 봅니다.

"오래 살건 잠시 살건 죽음 앞에서는 매한가지다. 사라지고 난 후에는 길고 짧음이 아무런 의미가 없기 때문이다. 아리스토텔레스가 한 이야기를 들어 보자. 히파니스강에는 단 하루를 사는 작은 벌레가 있다고 한다. 아침 8시에 죽으면 요절한 것이고, 저녁 5시에 죽으면 장수한 셈이다. 이렇게나 짧은 생애를 놓고 행복과 불행을 따진다면 우리 중에서 비웃지 않을 사람이 누가 있겠는가? 우리네 길고 짧음도 영원이나 자연들의 시간에 대보면 가소롭긴 마찬가지다."

마르쿠스 아우렐리우스도 『명상록』에서 비슷한 말을 합니다.

"한 인간이 소유하는 시간은 오직 현재이기 때문에 소유하지 못한 미래는 잃을 수가 없다. 가장 오래 산 자나 가장 일찍 죽은 자나 잃는 것은 정확히 똑같다. 그것은 단지 그가 직면한 현재의 순간만을 빼앗긴다는 것이다."

약간 어렵게 표현되어 있지만 몽테뉴의 말과 비슷한 의미입니다.

우리는 각자가 자신의 의지로 선택하지 않은 자연의 섭리, 우주의 섭리, 신의 섭리 등의 영향과 지배를 훨씬 많이 받고 살아갈 수밖에 없습니다. 개인의 입장에서 보면 이를 '운명'이라는 말로 표현할 수 있을 듯도 합니다.

이는 거역할 수 없는 섭리의 큰 흐름의 일부분일 것입니다.
이를 인정하지 않을 수 있는 다른 방도가 없습니다. 그러므로, 쉬운 일은 아니지만 이를 담담한 자세로 받아들이는 연습도 필요할 것입니다.

이집트인들은 연회와 같은 큰 잔치 도중에는 망자의 마른 해골을 가져와 사람들에게 보여 주었다고 합니다.

가장 즐거운 잔치의 와중에도 인생에서 죽음의 의미를 생각해 보자는 지혜라고 생각합니다.

미래로 미루어진
아름다운 꿈과 소망

　바쁜 생활 속에서 언젠가는 한적하고 유유자적한 전원생활을 하리라 꿈꾸는 사람들이 많이 있습니다. 이것뿐만이 아니라 본인이 진정으로 하고 싶은 일이나 행복한 일의 상당 부분을 미래로 미뤄 놓는 경우도 많이 있습니다.

　그러나, 미래의 일은 우리가 알 수 없습니다. 극단적으로 내일의 일조차도 확신을 할 수 있는 사람은 단 한 사람도 없습니다. 어떤 일이 일어날지는 아무도 모릅니다.

　'우리는 삶을 사는 동시에 죽음을 산다고 해야 할 것'입니다.

　음식을 먹는 방법이 사람에 따라 다릅니다. 어떤 사람은 먼저 맛있는 부분을 먹고 뒤에 맛없는 부분을 먹습니다. 또 다른 사람은 맛있는 부분은 아껴 두고 맛없는 부분부터 먹고 나서 맛있는 부분을 먹습니다.

　후자의 방법이 어리석은 방법입니다. 맛있는 부분을 배가 부른 상태에서 먹기 때문에 맛없이 먹어야 하기 때문입니다.

시간이 흐르는 것인지 우리가 존재하는 시간 속에서 지나가는 것인지 바라보는 관점에 따라 의미가 조금 달라질 수 있습니다.

과거의 일을 되뇌며 한탄하고 후회를 해 보아도 아무 소용이 없는 것처럼, 미래의 일을 걱정하는 것도 무익하기는 마찬가지입니다.

우리가 걱정하는 미래의 일들 중 80%는 실제 일어나지 않는다고 합니다. 쓸데없는 걱정을 하면서 살고 있는 것입니다.

미래의 소망과 꿈도 마찬가지가 아닐까 생각합니다.

허상일 가능성이 큽니다. 미래의 소망과 꿈을 갖고 있다는 것은 많은 긍정적 에너지를 만들어 내는 역할도 합니다. 그러나, 많은 행복을 미래로 미루고 저축만 하는 것도 바람직해 보이지 않습니다.

저축은 나중에 사용하기 위한 것이지, 저축 자체가 목적이 될 수는 없습니다. 그런데, 저축만 해 놓고 전혀 사용하지 못하고 떠나게 된다면 이만큼 아쉽고 억울한 일도 없을 것입니다. 이런 종류의 저축은 가까운 가족이나 다른 사람들이 사용할 수도 없습니다.

고독한 사상가 몽테뉴는 "다른 날 할 수 있는 일은 오늘도 할 수 있는 일이다."라는 말을 스스로 끊임없이 되새겼다고 합니다.

우리 인간에게는 힘든 일이건 좋은 일이건 미래로 미루려는 성향이 있음을 간파하고 이를 극복하기 위해 나름 노력을 한 것입니다.

지난 일들을 돌아보면, 마음먹고 결단만 하면 할 수 있는 일들이 많이 있었음을 깨닫게 됩니다. 실제로 어렵사리 그렇게 한 일들도 기억납니다. 만약 그때 그런 결단을 하지 못했다면 아마 지금도 하지 못할 가능성이 큽니다.

한편으로는 우리는 멋진 가을의 풍경을 기다리기 위해 포근한 봄날의 햇살을 놓치는 경우도 있습니다. 아주 추운 겨울이 되어서야 비로소 무더웠던 여름을 그리워하는 경우도 많이 있습니다.

스티브 잡스는 리드대학에 입학하였으나 자신의 형편에 비해 학비도 터무니없이 비쌀 뿐만 아니라 자신이 듣고 싶지도 않은 수업을 들어야 했기 때문에 과감하게 6개월 만에 자퇴하는 결단을 하였고 그 결정이 스티브 잡스의 성공에 결정적인 역할을 하였다고 고백합니다.

일반적인 시각을 떠나 자기 자신만의 어려운 결정을 내리고 자신이 진정으로 하고 싶은 것을 선택한 것입니다.

"매일이 그대의 마지막 날이라고 생각하라."라는 경구를 곰곰이 되새겨 볼 일입니다.

미래로 미루어진 아름다운 꿈과 소망, 오늘이라고 불리는 날의 소소한 행복들을 저축하면 돈처럼 쌓이는 것이 아니라, 연기처럼 사라져 버리고 말 것입니다.

무엇이 중한디

대학에 다닐 때 고등학교 동문인 한 친구를 교내에서나 어디서 우연히 마주쳐서 이야기를 하다 보면, 그 친구는 거의 예외 없이 제 말을 끊으면서 "그건 중요하지 않고."라고 단정적으로 말하곤 했던 기억이 납니다.

제 입장에서는 그리 유쾌한 일이 아닙니다. 속으로 '저 녀석은 항상 자기 생각과 말만 중요하다고 저러는지…' 하는 마음이 저절로 듭니다.

우리가 살다 보면, 다른 사람과 다투는 일도 종종 있습니다. 그런데, 시간이 한참 지난 후에 생각해 보면, 다툰 것은 기억이 나는데 왜 다투었는지 기억이 잘 안 나거나 '별것도 아닌 일로 그렇게 죽기 살기로 자신이 옳다고 다투었구나.' 생각되어 실소하게 되는 경우가 있습니다.

물론 그때 당시에는 그것이 중요해 보였을 것이고 지기 싫은 감정적 요인과 자존심도 작용을 하였을 것입니다.

다투는 일뿐만 아니라 우리의 매사가 마찬가지입니다.

이 일이 대단하고 안 하면 큰일 날 것 같아 죽기 살기로 하고 나서 한참 뒤에 생각해보면 '왜 그렇게 그 일에 집착을 했을까?' 하는 생각이 들 때도 있습니다.

경제학에서는 모든 자원이 한정되었다는 가정을 합니다. 현실이 그렇기 때문에 이를 감안한 합리적인 가정입니다. 생산과 소비 등에서 어떤 행동이 최선인가는 중요성 원칙에 입각하여 우선순위를 정하는 것입니다.

우선순위를 잘못 정하게 되면 한정된 아까운 자원이 엉뚱한 곳으로 낭비되고 정작 중요한 것은 못 하게 됩니다.

우리 인생에도 이러한 기본 원칙은 그대로 적용이 가능할 것입니다.

우리는 열심히 사는 것을 최고의 미덕으로 생각합니다. 그러나, 아무 생각 없이 죽기 살기로 열심히만 살다 보면 엉뚱한 방향으로 가 버리거나 한 번뿐인 소중한 인생의 상당 부분을 낭비하게 되고, 나중에 후회를 아무리 해도 그 시간만큼은 결코 회복할 수가 없습니다.

우리가 주변 여건에 휩쓸리고 이에 적응만 하다 보면 그럴 가능성이 클 것입니다.

열심히 사는 것도 나름 의미가 있을 수 있지만, 그것보다 비교할 수 없이 훨씬 중요한 것이 인생의 방향성과 우선순위입니다. 가끔 쉼표와 깊이 있는 사색이 필요한 이유이기도 합니다.

주변을 가만히 지켜보면 많은 사람이 너무 자신의 직업적인 일만을 중요시하며 살아갑니다. 이럴 때는 가까운 사람이나 가족도 눈에 들어오지 않습니다. 마치 일하기 위해 태어난 사람들처럼 행동합니다. 그러나, 일 자체가 목적이 될 수 없습니다. 단지 과정이고 수단일 뿐입니다.

저는 가끔 이런 생각을 해 봅니다. 죽는 순간이 되면 무엇이 가장 안타깝고 아쉬움이 남을까.

'돈을 좀 더 벌었어야 했는데….' '한 직급 더 올라갔어야 했는데….' 하는 것은 적어도 아닐 것 같습니다. 대부분 '사람과의 관계'가 아닐까 합니다. '누구에게 좀 더 잘해 줄걸….' 하는 아쉬움과 '누구에게 좀 더 잘해 주어야 하는데….' 하는 안타까움일 듯합니다.

그러면, '무엇이 중한디'에 대한 어느 정도의 답은 될 것 같습니다. 인간관계와 관련된 정과 사랑이 우리에게 가장 중요한 것이 될 것입니다. 신앙인들의 경우에는 하나님 등과의 관계가 중요할 것입니다.

자신의 인생을 총결산하는 시점인 죽음의 순간에 아쉬움이 남는 것이 진정 중요한 것일 것이기 때문입니다.

우리 스스로에게 자문해 볼 필요가 있습니다. 자기 자신이 진정 중요한 것을 위해 힘을 쓰고 있는지, 쓸데없는 것에 집착하여 용을 쓰고 있는 건 아닌지.

사소한 것과 진정 중요한 것을 '분별할 수 있는 지혜'를 가지려고 노력해야 하는 이유가 얼마나 중요한지를 알 수 있습니다. 사소한 것은 사소한 것으로, 마치 배설물처럼 여겨 버릴 수 있는 과감한 용기도 필요해 보입니다.

누군가의 사랑을 받아야만
살아갈 수 있는 우리

　우리 인간은 지극히 육체적인 존재인 동시에 정신적이고 영적인 존재입니다. 따라서, 우리가 정상적으로 살아가기 위해서는 육적인 양식이 필요할 뿐만 아니라 정신적이고 영적인 양식도 필요합니다.

　「동물의 왕국」 등을 보면, 무리를 지어 사는 동물이 있는가 하면 평생을 홀로 지내는 동물들도 있습니다. 홀로 살아가는 동물들을 보면, 비록 동물이지만 생존 이외에 무슨 재미로 사나 하는 생각이 저절로 듭니다.

　독불장군이 없다고 합니다. 인간은 사회라는 공동체 속에서 살아가야만 하는 존재입니다.

　사람들 간에 서로 사랑과 정을 나누며 살아가야 하고, 때로는 신의 사랑을 받아야만 살아갈 수 있습니다. 이것은 단순한 생존의 문제를 말하는 것이 아닙니다.

　생존 자체만을 얘기하자면 최소한의 음식으로도 충분할 것입니다.

그러나, 저는 인간은 그런 단순한 존재가 절대 아니라고 생각합니다.

서로 간의 정과 사랑을 나누지 못하면 육적인 양식이 부족할 때 영양실조가 걸리게 되어 각 신체 기관이 정상적으로 작동할 수 없는 것처럼, 정과 사랑이 부족하게 되면 정신적·영적인 영양실조에 걸리고 말 것입니다.

어느 노랫말처럼 '우리는 사랑받기 위해 태어난 존재'들입니다. 사람의 사랑이든 하나님의 사랑이든 사랑을 받아야 합니다. 그리고, 우리의 깊은 내면에서는 아무리 강한 사람이라 할지라도 이런 갈구가 모두에게 있다고 생각됩니다.

물질적인 풍요가 우리를 절대로 행복하게 할 수 없음은 분명합니다. 저는 솔직히 어렸을 때 살던 시골 마을의 분위기가 지금 도시 생활의 분위기보다 비교할 수 없이 좋습니다. 지금이라도 선택할 수 있으면 저는 하나의 망설임 없이 시골 마을을 선택할 것입니다.

급속한 경제 발전으로 경제적으로는 많이 풍요로워졌지만, 우리나라는 너무 많은 것을 잃어버리지 않았나 하는 생각도 많이 듭니다.

내로남불과 그 속의
또 다른 내로남불

한참 전 어느 순간부터 내로남불이라는 용어가 유행하기 시작하였습니다.

제일 처음 들었을 때는 내가 그동안 알지 못했던 사자성어이겠거니 하였는데, 알고 보니 '내가 하면 로맨스이고 남이 하면 불륜'을 줄인 말이었습니다.

이중 잣대를 빗댄 말입니다. 타인에게는 그토록 엄격한 잣대를 들이대고는 정작 자신에게는 너무나 너그럽기 그지없는 잣대를 갖다 대는 것입니다.

논란의 여지가 없이 비난받아 마땅한 행태임이 분명합니다.

이러한 행태는 정치적인 측면에서는 공정과 상식과 깊은 연관성이 있고, 개인적인 차원에서는 인격의 이중성과 연관성이 있습니다. 종교 분야에서는 곧바로 위선의 문제가 될 것입니다.

내로남불이라는 말이 상당히 알려진 뒤에는 이 용어가 다른 사람들을 비난하는 데 매우 유용한 수단이 되고, 실제로도 언론 등에서 많이 인용되고 있습니다.

그런데, 가만히 보고 있으면 내로남불이라고 비난하는 행위 자체가 또 다른 내로남불에 해당하는 경우가 많습니다. 그것도 다른 사람의 얘기가 아니라 자기 자신인 경우도 자주 있습니다.

다른 사람의 행동은 그토록 못마땅하여 속으로 또는 드러나게 비난을 하고 나서, 자신도 시간이 조금 지난 후 비슷한 상황에서 똑같은 일을 하는 경우를 발견하고서 얼굴이 화끈거리는 경우 등입니다.

편향적 인식 성향 때문에 잘 인식을 못 하고 있는 것뿐이지 이러한 내로남불 행태는 훨씬 많다고 생각합니다.

심지어는 비난하고 있는 사람이나 비난을 받는 사람이 제3자의 입장에서 보면 그놈이 그놈인, 별반 차이가 없는 거의 똑같은 놈인 경우입니다. 그러면서도 상대방만 비난합니다.

그런데, 제 경우를 보더라도 이것을 인식하는 것이 쉽지 않습니다. 그러다 속으로 깜짝깜짝 놀랍니다. '지금 내가 내로남불을 하고 있구나.' 또는 '내가 과거에 내로남불을 했었구나.' 하고 말입니다.

이쯤 되면 서로 그냥 입을 닫는 편이 나은데, 사람의 심리나 감정이라는 것이 자신 위주로 움직이는 경향이 강해 이것도 쉽지 않습니다.

부메랑이라는 것이 있습니다. 멀리 힘껏 날려 보지만 결국 자신에게로 금방 돌아오고 맙니다.

다른 사람을 비판하는 데 좀 더 신중해야겠다는 생각을 가져 봅니다. 먼저, 자기 자신을 돌아보는 것이 먼저일 듯합니다.

성경에서도 "남의 눈의 티는 보고 빼겠다고 하는 네가 네 눈 속에 있는 들보는 보지 못하느냐." 하는 예수님의 말씀이 나옵니다. 자주 묵상할 만한 내용입니다.

생각을 하여 깨닫는 것도 정말 어렵고 중요한 일입니다. 그런데, 이를 생각대로 실천하는 것은 또 다른 문제이고 어려움입니다. 이게 저의 한계이고 인간의 한계인 듯하기도 합니다.

그만큼, 저 그리고 우리 모두가 많이 부족한 사람이고 도덕적으로도 부도덕한 측면이 많이 있는 듯합니다.

붙잡힌 사람만이
범죄자인가

뉴스 등을 보면 계속해서 사회적 문제를 일으킨 범죄자들에 대한 이 야기들이 매일같이 들려옵니다. 그리고, 손가락질의 대상이 됩니다.

이와 같이 뉴스의 대상이 되는 경우는 드러난 경우에 해당하는 매우 제한적인 경우입니다.

살인 사건과 같이 명백히 범죄 사실이 드러나는 경우는 검거율도 매 우 높습니다. 그러나, 범죄 사실 자체가 잘 드러나지 않는 경우에는 검거율이라는 숫자 자체가 의미가 크게 없습니다. 뇌물죄, 횡령죄 등 이 그 대표적인 것일 것입니다.

지금은 많이 줄었지만 한때는 음주 운전도 상당히 많이 하였습니다. 당시에도 처벌을 하고 있었지만 지금처럼 죄의식조차도 강하지 않았 습니다.

저도 수많은 사람이 음주 운전을 하는 것을 직·간접적으로 볼 수 있 었습니다.

그런데, 붙들리는 경우는 정말 드물었습니다.

시간이 조금 지나자 과거에 음주 운전 전력이 있는 사람들을 엄청난 전과자처럼 몰아가는 사회 분위기가 형성되었습니다. 그런 경력이 있는 사람은 청문회 등에서 비난의 대상이 될 뿐만 아니라, 공직자들은 인사상으로도 불이익을 심하게 받게 되었습니다.

제가 생각하기에는 손가락질을 하는 사람의 상당 부분도 음주 운전의 전력이 있는 사람들입니다. 이러한 사실은 당연히 본인들은 아는 것입니다.

이것은 앞서 언급한 내로남불의 문제와는 조금은 다른 차원의 이슈이기도 합니다.
들키지 않고 붙잡히지 않았다고 하여 그 행위 사실이 없어질 리는 없습니다.

교도소 담장 안에 있는 재소자와 담장 밖에 있는 일반인 사이에 큰 차이가 없어도 보입니다.

여기서는 몇 가지 경우만을 언급하였지만, 살면서 사회 현상을 가만히 지켜보면 이와 비슷한 사례는 너무나 많습니다. 생각해 볼 문제입니다.

무엇이 우리를
만족시킬 수 있는가

　오래전에 제가 조그만 아파트에 살다가 한강 변의 전망도 매우 좋고 조금만 걸으면 언제든지 한강 변을 산책할 수 있는 최고급 아파트에 몇 년간 살 수 있는 기회가 있었습니다.

　열악한 환경에서 살다가 이사를 가니 거의 환상적입니다. 세상에 이런 곳에서 사는 사람들도 있었구나 싶었습니다. 어쨌든 나도 이런 곳에서 살아 볼 수 있는 기회가 있다는 생각에 엄청 기분이 좋았습니다.

　그런데, 불과 몇 달이 지나니 적응을 왜 그렇게 빨리 해 버렸는지 종전 아파트에 살던 때와 느낌이 큰 차이가 없습니다.

　그 이후, 어떤 돈 많으신 분과 대화하는 와중에 이런 말을 들었습니다. 본인의 침실에서 아침에 일어나면 구름이 보인다고 합니다. 엄청 유명한 고층 아파트의 펜트하우스였던 것입니다.

　예전 같으면 호기심 등이 크게 발동하였을 것인데, 왠지 그만큼의 큰 관심이 가지 않습니다. '그런가 보다.' 하는 생각까지 듭니다. 저기에 살아도 또 금방 적응해서 그렇게까지 좋은 줄을 모를 수도 있다는 생각이 들기 때문입니다.

역시 '사람은 나처럼 좋은 곳에 일단 살아 봐야 욕심이 없어져.' 하는 장난기 섞인 생각까지 듭니다.

사람들이 물질적으로 추구하던 무언가를 막상 얻게 되면, 몇 달간만의 만족에 그친다고 합니다. 엄청난 노력과 희생에 비해 만족도가 그리 오래가지 않은 것입니다.

이제는 다시 기쁨을 얻기 위해서는 더 큰 자극이 필요합니다. 만약, 상황이 안 좋아져서 경제적이나 사회적으로 강등이라도 되면 차라리 안 올라온 것만도 못하게 됩니다. 거의 돌아 버릴 지경이 됩니다.

물질이나 자신이 잠시 위치하게 되는 사회적 지위 등이 우리의 마음에 지속적인 만족과 평화를 줄 수는 없기 때문입니다.

이것은 인간의 특성에 기인하는 듯합니다. 인간은 동물과 다릅니다. 배만 부르다고 만사 오케이가 되지 않게 지음을 받은 것입니다.

인간은 정신적이고 영적인 존재입니다.
이는 종교를 떠나서도 조금만 관찰하면 알 수 있는 사실입니다.

무엇이 우리를 만족하게 하는지에 대한 해답은 스스로 계속해서 자문해 볼 수밖에 없다고 생각합니다.

쓰레기 더미 위에서도
꽃은 핀다

우리는 가끔 전혀 어울리지 않은 곳에서 이름 모를 예쁜 꽃을 마주칠 때가 있습니다. 그럴 경우를 만나면 눈길이 한 번 더 가게 됩니다.

며칠 전 TV의 사막 체험 프로그램에서 출연진들이 사막 한가운데 피어 있는 꽃을 발견하고 모두 신기해했습니다.

꽃이 많은 곳에서는 수많은 꽃 중 하나에 불과할 것이기에 사람들의 시선을 끌기가 어려울 것입니다.

심지어 쓰레기 더미 위에서도 예외 없이 꽃들은 피어납니다.

우리가 살다 보면 모든 것이 엉망진창이 되어 버린 경우를 부딪칠 때도 있습니다. 비유하자면 쓰레기 더미 위에 서 있는 기분과 다를 바가 없습니다.

살다 보면 절망과 고통이 바닥을 치면 그곳에서 희망의 꽃이 피어나기 시작합니다. 신기할 정도입니다.

인생의 굴곡의 크기는 사람마다 천차만별입니다. 그것을 있는 그대로 받아들일 수밖에 없습니다. 홀쩍홀쩍 발버둥을 치고 뛰어 봐야 본인 다리만 더 아플 뿐입니다.

좀 떨어져서 가만히 자신을 살펴볼 필요가 있습니다. 담담함이라는 표현이 어떨지 모르겠습니다. 물론 쉬운 일은 절대 아닙니다. 쉬우면 말할 필요도 없는 것이기도 합니다.

우리가 어떤 어려움이나 고통의 순간에서도 희망의 끈을 굳게 붙들고 있으면, 예쁜 꽃이 반드시 피어나리라 믿습니다. 그때 피어나는 꽃은 봄에 피어나는 일반 꽃보다는 비교할 수 없이 깊은 향기를 머금고 있는 값진 꽃이 될 것입니다.

진짜 꽃은 안 피더라도 적어도 마음속에서라도 꽃이 피어날 것입니다.

좀 좋은 일이 있다고 해서 크게 기뻐할 필요가 없는 것처럼, 좀 안 좋은 일, 불행한 일이 닥치더라도 우리의 마음만 잘 지키고 있으면 비록 화려하지는 않을지라도, 예쁘고 단아한 꽃이 피어날 것입니다.

진실은 항상 몸을 숨긴다

저는 얼굴이 좀 까무잡잡한 편입니다.

햇빛에 조금이라도 노출되면 금방 얼굴이 더 까맣게 됩니다.

좀 있어 보이는 사람이 얼굴이 좀 타면 굳이 본인이 설명할 필요도 없이 다른 사람들이 알아서 좋게 해석까지 해 줍니다. 어디 외국이나 호텔에서 좀 쉬다 왔냐고 하면서 더 멋지다고까지 합니다.

그런데 말입니다. 제 경우는 안 그렇습니다.

제가 봐도 더 없어 보입니다. 아무리 다른 이유를 대며 노력해 보아도 다른 사람들은 금방 강화도에서 농사일을 한 것으로 결론을 내 버리고 맙니다. 저도 가끔은 해외여행도 갈 때도 있는데 말입니다.

사람들은 제 참모습을 잘 모릅니다. 사실 제 속살은 엄청 뽀얗습니다.

사람들이 괜히 보이는 것이 전부인 양 착각을 하고 있을 뿐인데, 제가 입증하기는 거의 불가능합니다. 사실 굳이 입증할 필요도 없는 일이지만 아무튼 답답한 일이기는 합니다.

요즘 현대인들은 생각을 많이 안 합니다. 너무 바쁘게 살아가야 하기 때문입니다. 그래서, 결론을 빨리빨리 내 버리고 맙니다. 소위 '뇌피셜'입니다.

당연히 잘못 알 가능성이 큽니다. 그러나, 당장 현실을 살아가는 데는 큰 지장이 없습니다. 삶에 큰 지장이 있었다면 현대인의 특성상 시키지 않아도 죽기 살기로 진실을 찾기 위해 노력을 할 것입니다.

그런데, 우리가 당장의 빵만이 중요한 것은 당연히 아닐 것입니다. 빵은 육체를 지탱해 줄 뿐이고 더 이상은 아닙니다.

"진리를 알지니 진리가 너를 자유케 하리라." 정말 멋진 성경 말씀입니다. 엄청 있어 보이기도 합니다. "진리가 너의 발걸음을 인도하리라."라는 구절도 같은 맥락입니다.

진리는 쉽게 모습을 드러내지 않습니다.
그래서, 역사적으로 보더라도 많은 깨어 있는 사람이 이에 접근하기 위해 상상 이상의 피나는 노력을 하였다는 것을 알 수 있습니다.

피상적이고 잘못된 지식은 무의미한 것을 넘어 매우 위험합니다. 그 위험을 우리가 느끼지 못할 뿐입니다.

자기 자신의 외모는 거울만 보면 금방 알 수 있습니다. 보이기 때문에 바로바로 씻어 낼 수도 있습니다.

그런데, 가장 중요한 자신의 마음은 얼마나 깨끗한지 보이지 않습니다. 보려고 하지도 않습니다. 그리고는 자신이 나름대로 엄청 착하다고 착각하면서 편하게 살아갑니다.

자신의 마음은 신 앞에 겸손한 자세로 설 때만 보입니다. 그래서, 통곡을 하는 것입니다. 자신이 이토록 죄인인 것을 비로소 깨닫게 된 것입니다.

그래서, 우리는 매우 겸손한 마음으로 가끔이라도 신 앞에 무릎을 꿇고 마주 앉을 필요가 있습니다.

이상한 나라에서 쓰이는 저울들

　여기서 저울은 그 사회에서 한 사람의 중요성의 무게를 재는 도구입니다. 비유적 표현을 하기 위한 것입니다.

　지금 우리가 쓰는 저울은 자본주의의 저울입니다. 역사적으로는 다른 저울이 쓰였을지라도 제가 머릿속으로는 상상할 수 있지만 체감이 되지 않습니다. 제가 태어나서 지금까지 현실에서 쓰이고 있는 저울은 자본주의 저울뿐이었기 때문입니다.

　자본주의의 저울은 누가 더 공부를 잘하고, 성실하고, 자신이 속한 조직에 충성하고, 현실에 잘 적응하느냐, 기발한 아이디어와 기술 발전에 기여하느냐 등으로만 측정됩니다. 결국, 돈과 지위라는 성과로 표현될 수도 있습니다.

　그런데, 역사적으로 보면 항상 우리가 현재 사용하고 있는 자본주의의 저울만 사용되었던 것이 아님은 금방 알 수 있습니다.

　과거 수렵 사회나 초기 농경 사회 등에서는 기술 발전이 매우 느렸으므로 지금의 자본주의 사회처럼 공부나 좋은 아이디어, 기술 발전

등이 그다지 중요한 요소가 아니었습니다. 오히려 '육체적인 힘'이 저울의 숫자를 올리는 요소였습니다.

저는 언제인가부터 이런 생각을 가끔 할 때가 있었습니다. 물론 최근의 일은 아니고 아주 젊은 시절로 거슬러 올라갑니다.

어떤 '음악의 나라'가 있습니다. 그 나라에서는 노래를 잘하고 곡을 잘 만드는 사람이 최고일 뿐입니다. 다른 능력을 가진 사람은 모두 다 음악인들의 하인 역할을 합니다.

또 다른 나라도 있습니다. '천사의 나라' 비슷한 나라입니다. 이곳에서는 착한 사람일수록 지위가 높습니다. 못된 짓을 하거나 나쁜 마음을 품고 사는 사람들은 몽땅 착한 사람들의 하인 역할을 할 수밖에 없습니다.

심지어 이웃 나라에는 '검정 나라'도 있습니다. 피부색이 까맣게 될수록 높은 지위에 오를 수 있습니다. 그런데, 타고난 피부색 때문에 흑인 이외에는 높은 지위에 오를 수가 없습니다.

제가 이런 재미있는 생각을 하게 된 것은 사람들마다 각자의 재능을 다른 측면에서 갖고 있다는 것입니다.

단지 그들의 재능이 현재의 자본주의의 잣대에서는 그다지 대우를 받지 못하는 것들도 너무나 많고, 그다지 멀리 떨어져 있지 않은 상상의 나라에서는 아주 높은 평가를 받을 가능성이 큰 재능마저도 자본주의의 저울이라는 요상한 평가 도구 때문에 천대를 받는다는 것입니다.

지금 현실에서는 자본주의에 잘 적응하는 사람이 더 중요한 위치를 차지하지만 또 다른 세계에서는 달리 평가받을 소지도 얼마든지 열려 있다는 것입니다.

특정 시대에 통용되는 저울이 그 당시에는 객관적이고 절대적인 것처럼 보이지만 상황이 바뀌면 얼마든지 바뀔 수도 있을 것입니다.

제가 이런 생각을 하게 된 결정적 계기는 이런 것입니다.
어떤 사람은 정말 착하게 살아가는데 세상의 어려움은 모두 다 그 사람에게만 일어나는 것만 같아 보이고, 반면에 정말 못된 놈에게는 세상의 좋은 일들은 꼭 그놈에게만 일어나는 것처럼 보이는 것입니다.

나와 우리의 현재의 저울을 들고서 생각하면 정말 세상에는 납득이 가지 않는 일들이 너무나 많습니다.

그러나, 이상한 나라의 사람들이 구경하기에는 우리 지구에서 일어나는 일들이 어찌 보면 지극히 정상적으로 보일 수도 있을 것입니다. 우리의 시각과 다른 시각에서 보기 때문입니다.

마찬가지로 우리 인간의 저울과 신의 저울은 차원이 다른 것일 수도 있다는 생각을 해 봅니다. 우리가 좋다 나쁘다 하는 것들은 똑같은 먼지에 불과할 수도 있는 것입니다.

저는 가끔 제 여건이나 세상 돌아가는 모양새에 화딱지가 나서 참을 수 없을 때는 이상한 나라로 잠시 도피나 여행을 갔다가 돌아오는 것도 하나의 좋은 방법일 수 있다고 생각합니다.

운명, 이에 따른
우리의 책임은 어디까지인가

법적인 측면에서 보면, 형사적으로나 민사적인 책임은 보통 자기 책임 원칙에 입각하고 있습니다.

그래서, 고의나 과실이 있는 경우에만 책임을 지우고, 자신의 관리 범주 안에 있더라도 과실이 없는 무과실 책임은 극히 예외적인 경우만 인정되고 있습니다.

그럼에도 불구하고 우리의 인생이 법적으로만 설명되지는 않는 부분이 많이 있습니다.

우리의 인생은 자신의 선택이나 책임과는 전혀 무관한 요소들에도 영향을 받습니다. 오히려, 이런 요인들이 훨씬 더 큰 영향을 주는 것도 같습니다.

이를 다른 각도에서 본다면, 아무리 자신의 인생이라고 할지라도 자기 마음대로 할 수 없다는 의미이기도 합니다.

우리의 선택이나 책임과는 관계없는 '보이지 않는 힘'의 작용은 각자 인생의 짐의 무게로 다가오기도 합니다. 이 힘을 운명이라고 표현할 수도 있을 듯합니다.

"내 인생의 짐은 왜 이렇게 무거워?"라고 불평할 수 있을까요? 충분히 불평할 수 있고 불평을 합니다. 이것까지 잘못했다고 하기는 어려워 보입니다. 그런데 문제는 아무리 불평을 해 보아도 아무런 소용이 없다는 것입니다.

받아들이지 않을 도리가 없습니다. 불평해 봐야 자신만 더 힘들 뿐입니다.

이왕 받아들일 바에는 상대적으로 무거운 짐이 반드시 나쁜 것인가 생각해 볼 필요도 있어 보입니다. 잘하면 자기 위로가 될 수도 있기 때문입니다.

무거운 짐은 물론 당장 힘은 들지만, 인생의 체력을 기를 수도 있고, 깊이 있는 사색으로 유도할 수도 있습니다. 힘을 기르기 위해 일부러 무거운 모래주머니를 출퇴근길에 차고 다니는 사람도 저는 여럿 보았습니다.

배가 부르고 등 따시고 별로 할 일이 없으면 졸리기만 합니다. 모든 세상일은 어두운 면이 있으면 반드시 반대편에는 밝은 면이 있습니다.

성경을 좀 읽어 보면, 세상의 눈으로 보는 축복과 하나님이 보시는 축복은 큰 차이가 있습니다.

그러면, '나는 나에게 주어진 길을 묵묵히 가야겠다.'가 정답인데, 자꾸 옆길이 보이는 이유는 또 무슨 조화인지는 알 수 없는 일입니다.

지금까지 살아오는 과정에서 어떤 때는 미쳐 버릴 지경으로 마음이 괴롭고 힘든 경우가 있었습니다. 그러면, 이리저리 방황을 하게 되고 스님들의 좋은 말씀, 목사님 설교 말씀 등 종교 서적들도 읽어 보면서 안정을 찾으려고 노력을 하게 됩니다.

요즘은 성경을 많이 읽게 됩니다. 가끔 이런 생각을 하게 됩니다.

내게 일어나고 있는 모든 일은 태초부터 하나님이 선하신 뜻으로 정해 놓으신 것이며 나 자신의 '운명'이라는 이름으로 일어나고 있음을 받아들이자.

나에게 운명이라는 이름으로 외부에서 주어진 일은 선의 결과도 악의 결과도 아님은 분명하고, 그 일어나는 일 자체도 선도 악도 아닐 것이다.

바쁘게 산다는 것이
주는 의미

우리나라 사람들 정말 열심히 삽니다. 정신없이 삽니다. 무엇에 쫓기듯 살아갑니다. 왠지 표현이 뒤로 갈수록 살짝 이상해지는 듯합니다.

한번 생각해 볼 필요가 있습니다.
바쁜 것이 좋은가? 반드시 바쁘게 살아야 하는가?

많은 사람은 그렇다고 대답하는 것 같습니다. 자신이 바쁜 것을 은근히 자랑스럽게 생각하는 사람도 꽤 많습니다.

그런 사람과 약속이라도 한번 잡을라치면 한참을 기다려야 하고 약속이 몇 달 뒤입니다. 괜스레 약속 날짜가 많이 비어 있는 저 같은 사람은 할 일이 없어 보이고, 좀 없어 보이기까지 합니다.

사람이 바빠야 한다는 것이 거의 이데올로기 수준까지 이른 것이 아닌가도 생각됩니다.

바쁜 상황이 자신이 통제할 수 없는 어쩔 수 없는 경우도 있을 것입니다. 자신이 바삐 움직이지 않으면 소중한 가족을 먹여 살리기 힘든 경우 등입니다.

그러나 상당 부분은 통제가 가능합니다. 바쁘게 살 수밖에 없다는 것은 핑계에 불과한 경우도 많습니다.

몽테뉴는 사람이 바쁘다는 말을 남발해서는 안 된다고 역설했습니다. 정말 불가피할 경우 몇 번 만이면 충분하다고 합니다. 너무 바쁘게 사는 것은 정말 어리석은 것이라는 의미이기도 합니다.

이와 비슷한 말을 한 사람이 또 있습니다. 니체는 시간의 3분의 2를 자신을 위해 사용할 수 없는 사람은 노예라고 했습니다.

미국 대통령인 오바마도 대통령 시절 저녁 시간만큼은 다른 약속을 하지 않고 가족과 대부분의 시간을 보냈다고 알려져 있습니다. 다른 사람도 아닌 세계를 움직인다는 미국 대통령입니다. 그러고도 훌륭하게 대통령 역할을 했고, 훌륭한 가장의 역할까지 하였습니다.

우리나라는 웬만한 직장인이어도 대부분 미국 대통령이었던 오바마보다도 저녁 약속이 더 많고 더 바쁩니다. 왠지 정상적인 것 같지는 않습니다.
자기 시간이 거의 없습니다. 가족과의 시간도 거의 없습니다.

이쯤 되면, '도대체 무엇을 위하여?'라는 의문이 들어야 맞습니다. 그런데, 대부분 이런 질문을 스스로에게 하지 않습니다. 회사 일 등으로 나도 어쩔 수 없다는 이유, 딱 하나입니다. 회사와 조직, 외부 시각의 노예가 되어 버린 것입니다.

바쁘고 싶어서가 아니라 가만히 있지 못해서 바쁜 경우를 많이 보게 됩니다. 일을 위해 일을 찾은 격입니다.

바쁘게 할 일이 있어야 본인이 중요한 사람이라고 인식을 하기도 합니다.

쫓기는 삶, 주변 여건에 얽매여서 사는 삶, 자기 자신을 위한 시간이 없는 삶입니다.

누가 원하는 것인지도 모릅니다. 본인도 안 그러고 싶다고 말은 합니다. 그러면 누가 원하는 것이고 누구를 위한 것인가 의문입니다. 그러면서도 자신이 바쁜 사람이라는 것을 자랑까지 합니다. 아무리 생각해 보아도 인간은 모순덩어리의 존재들입니다.

어떤 사람들은 단순한 삶, 조용한 삶을 추구합니다. 극히 소수의 깨어 있는 사람들입니다.

이런 사람들은 오히려 자본주의 사회에서 현실에 적응하지 못하고 도태된 부류로 취급받기 딱 좋습니다. 그래서, 이런 생활을 할라치면 큰 용기까지 필요합니다.

누구나 딱 한 번뿐인 소중한 인생입니다.

좀 더 자유롭고 여유로운 생활이 필요해 보입니다. 적어도 남에게 보이기 위한 삶은 되지 말아야 할 것입니다.

　어릴 때는 배워야 하고, 성인이 되어서는 숙달해야 하며, 나이가 들었을 때는 어떠한 의무도 없이 자유롭게 살아야 한다고 소크라테스는 말했습니다.

　"나는 자유인이고 싶다!"라고 속으로만 살짝 외쳐 봅니다.

　왜 속으로만 살짝 외치는지는 여러분도 짐작할 수 있을 것입니다. 저는 바보가 아니기 때문입니다.

자기 자신도 가끔
너그러이 용서할 필요가 있다

무슨 잘못을 하고 나면 "왜 나는 이 모양일까?" 하는 자책감이 엄습해 오면서 매우 괴롭습니다. 자책감만큼 우리를 힘들게 하는 것도 드물다고 생각합니다.

잘못을 안 하면 좋은데 그것이 절대 그렇게 되지 않습니다. 마음과 손과 발, 입이 따로따로인 경우도 너무나 많습니다.

정말 저 자신이 못나 보이는 경우입니다. 어쩌다 드는 생각도 아닙니다. 꽤 자주 이런 생각이 듭니다. 나이가 조금 더 들면 나아지려나 싶지만 제 느낌에는 나이가 든다고 하여 마음과 정신이 크게 성숙되거나 나아지는 것도 아닌 것 같습니다.

요즘은 이런 생각을 하려고 노력합니다. 나만 못난 짓을 하고 사는 것이 아니라 다른 사람도 고만고만하겠거니 하면서 스스로를 용서하고 위안하는 것입니다.

인간 자체가 불완전하고 모순덩어리인 측면이 많은데, 나만 특별히 잘못하고 살지는 않을 것이라고 애써 자기변호를 합니다.

잘못했다고 해서 숨기지 않고 숨지 않기로 마음을 단단히 먹어도 봅니다. 이럴 경우에는 얼굴이 좀 두꺼워질 필요도 있습니다. 이것도 저 자신의 모습의 일부이기 때문입니다. 그냥 있는 그대로 받아들일 수밖에 없습니다.

잘못하는 것은 반성하고 고치면 됩니다. 그렇다고 다음에는 똑같은 잘못을 안 하는 것도 아닙니다. 또 잘못을 하게 됩니다. 그러면, 또 반성하고 고치면 됩니다. 이것이 우리의 모습이기 때문입니다.

나이가 조금 더 들어 가면서 달라진 것이 분명 하나 있습니다.

'어렸을 때는 사람들 간의 차이가 매우 커 보였으나, 나이가 들어가면서 살아가는 모습들을 가만히 지켜보니 그다지 큰 차이도 없어 보인다는 것'입니다.

우리나라 사람들은 용서에 참 인색합니다. 다른 사람을 용서하기도 쉽지 않지만 자기 자신마저도 용서를 하지 못하는 경향이 크다고 생각합니다. 저도 물론 마찬가지입니다.

용서도 나름 마음의 훈련이고 습관이기도 합니다. 스스로를 용서하고, 다른 사람의 잘못도 용서하는 마음의 훈련과 습관이 필요해 보입니다. 우리 모두가 불완전한 존재이기 때문입니다.

큰대자로 누워
비를 맞고 싶다

오늘은 많은 비가 내리고 있습니다. 저는 비를 유난히 좋아합니다. 비가 오는 날이면 왠지 기분이 좋아집니다. 비가 내리는 모습도 좋고 우산이나 창가를 두드리는 빗소리도 좋습니다. 왜 그러는지는 저도 모릅니다.

연관성이 있는지는 모르지만 유독 어렸을 때 물을 말아 밥 먹는 것을 좋아했습니다. 거의 세끼를 그렇게 먹었던 것 같습니다. 지금도 자주 그렇게 하고 있기는 합니다.

아무튼, 이렇게 비가 많이 오는 날이면 가끔 고시 공부를 할 때 만난 '그 형'이 생각납니다. 저와 비슷하게 경상남도의 어느 작은 시골 마을이 고향이고 서울대 법대를 졸업하고 고시 공부를 하다가 고시원에서 우연히 만났는데 갑자기 같이 자취를 하자는 제안을 하여 같은 방을 함께 사용했습니다. 서로 비용을 줄이기 위한 것입니다.

그 형은 고등학교 3학년 여름 방학 자율 학습 때는 자습을 하기 싫고 반항심이 들어 지리산으로 도망갔다가 담임 선생님이 배낭을 메고

쫓아와 일주일 만에 잡혀 왔다는 둥 그때 당시에도 여러 면에서 특이한 점이 많다고 생각되었던 형입니다.

그런데, 솔깃한 얘기를 합니다. 비가 많이 올 때 교복을 입은 채로 시골 비포장도로에 누워 한참을 비를 맞은 적이 있는데, 정말 기분이 좋았다는 얘기입니다. 저에게도 꼭 해 보라고 합니다. 그 기분은 아무도 모른다고까지 합니다.

저도 비를 좋아하는 편이라 한번 해 보고 싶은 생각이 듭니다. 왠지 색다른 기분이 들 것도 같습니다. 그러나, 세월이 한참 지난 지금까지 못 해 봤습니다.

그 형은 매우 주관이 뚜렷하고 특이한 점이 많았습니다. 이런 특이한 행동은 단순한 젊은 시절의 객기가 아닌 것을 어렴풋이 알 수 있었습니다.

아주 자세한 얘기는 하지 않았지만 당시 집안 등이 많이 어렵고, 부잣집 딸과 결혼한 형과 형수에 대한 사연 등도 들었기 때문입니다. 그 형은 겨우내 빨지도 않은 하나의 잠바를 입습니다. 품질이 좋은 잠바도 아닙니다. 몸에서 나온 기름때가 묻어 누적되다 보니 시꺼멓게 반질거리고 햇볕을 받은 것을 멀리서 보면 반짝반짝 광채까지 납니다.

고시 공부 과정에서도 며칠씩 안 나타나는 경우가 꽤 자주 있었습니다. 어디 있었는지 물으면 만화방에 있다 왔다고 하는 등입니다. 당시에는 핸드폰이 없던 때라 한번 사라지면 주변 모든 곳을 열심히 찾아

다니지 않으면 연락해 볼 방법도 없는 시절입니다.

고시 공부라는 것이 강한 심리적 압박감을 받을 수밖에 없습니다. 특히, 졸업 후에 무소속인 상태인 경우는 그 중압감이 매우 큽니다. 이런 상황에서 하루 종일 책상에 앉아 있어도 책장이 몇 장 넘어가지 않는 경험을 가끔 합니다. 이런 경우는 말 그대로 돌아 버릴 지경까지 됩니다.

저는 이런 경우 하루 종일 관악산을 하염없이 걷기도 하고, 바위 위에 멍하니 앉아 있기도 하다가 저녁쯤에야 고시원으로 돌아오는 경우가 있었지만, 그 형처럼 할 엄두는 나지 않아 심리적 압박감에서라도 고시원은 가급적 지키는 나름 착한 고시생에 속했습니다.

그런데, 시험 날이 점점 가까워져 오자 그 형의 방황은 더 심해졌습니다. 고시원에 나타나지 않는 날이 더 길어지고 심해지더니, 정작 시험 전날 오후까지도 나타나지 않다가 저녁 먹을 때쯤에야 고시원에 나타났습니다.

저는 그 형이 시험을 이미 포기한 것으로 생각했었습니다. 그런데, 시험 전날 만나 물어보니 "시험 보러 가지 말까 고민했는데 시험은 보겠다."라고 합니다.

그러더니 4일간의 2차 시험 기간 동안 잠을 전혀 자지 않고 정말 독하게 공부를 하더니 합격을 합니다.

물론, 그동안 시험을 몇 차례 떨어지면서 공부를 해 놓은 소위 고시생들 사이에 통하는 '내공'이 있었기 때문에 가능한 일이지만, 매우 이례적인 경우에 해당합니다.

그때 당시에도 그랬지만 지금 생각해 봐도, 이해하기 어려운 행동 패턴들입니다.

어느 날 둘이 고시원에서 밤늦게까지 공부를 하고 자취방에서 자려 하는데, 그 형과 저의 배에서 꼬르륵 소리가 계속 납니다. 왜 그 당시에는 밥도 잘 먹었는데 항상 배가 고팠는지 알 수가 없습니다.

우리 물 한 사발씩 먹고 자자고 하다가 그 형이 제안을 하나 합니다. 지금 배가 너무 고프고 주인집 아주머니는 주무시는데, 주인집 냉장고를 보니 참외가 있는 것 같은데 참외를 일단 갖다 먹고 나중에 돈이 생기면 얘기하고 사다 드리자는 것입니다. 정말 좋은 생각이라고 맞장구를 쳤습니다. 그래서, 일단 배고프니 먹고 보자고 해서 먹고 잤습니다.

그리고, 아침에 주인집 아주머니에게 사정을 말씀드리니 냉장고 있는 다른 것들도 더 먹지 그랬냐고 합니다.

주인집도 사연이 있습니다. 아저씨는 지방에서 병원을 하는 의사인데 거의 오지 않고, 아주머니는 목에 상처가 선명하게 있습니다. 자살에 실패한 것입니다. 무슨 사연인지는 자세히 알 수가 없습니다. 그 정도까지만 아는 사실입니다.

어느 날은 그 형이 주인집 아이들이 아빠도 없이 어린이날을 보내고 있으니, 너무 불쌍해서 눈물이 난다며 애들 데리고 중국집에 가서 짜장면을 사 주어야겠다고 같이 가자고 합니다.

저는 속으로 지금 우리가 거지 신세인데 괜한 일이라는 생각을 하면서 같이 갔습니다.

"눈물 젖은 빵을 먹어 보지 않은 사람과는 대화를 할 필요가 없다."라는 말이 있습니다. 인생의 고뇌와 깊이가 없다는 의미로 받아들여집니다. 이 말이 여기에서는 "스스로 배를 곯으면서도 다른 사람에게 짜장면을 사 줘 보지 못한 사람과는 대화를 할 필요가 없다."라고 바꿔 보면 어떨까 합니다.

독특한 측면은 많았지만, 정과 사랑이 많은 형이라고 기억하고 있습니다. 지금 그 형은 큰 금융 기관의 장을 하고 있습니다.

젊은 시절 추억의 한 장면입니다.

아직 숙제를 안 해서 그런지 오늘처럼 비가 억수같이 오는 날이면 자주 그 형이 한 말이 기억납니다. 언젠가는 꼭 한번 해 볼 생각입니다.

그 형이 당시 느꼈던 느낌을 그대로 느낄 수는 없을 것입니다. 처지가 다르기 때문입니다. 그러나, 제 나름의 느낌은 있을 듯합니다.

스스로 격려와
위로가 필요하다

칭찬은 고래도 춤을 추게 한다고 합니다. 다른 사람으로부터 칭찬을 받거나 격려를 받으면, 힘들 때일수록 없던 용기도 생기고 힘이 더욱 생기는 것이 사실입니다.

다른 사람으로부터 비판받기를 좋아하는 사람은 거의 없다고 생각합니다. 누구나 인정받고 칭찬받기 좋아합니다. 이것은 바람직한가의 문제와는 별개로 우리의 기본적인 저변에 깔린 심리 때문이기도 합니다.

주변을 살펴보면, 나이가 어리거나 젊은 사람들만 딱히 그런 것 같지도 않습니다. 나이가 좀 든 사람들도 매한가지입니다.

그러나, 다른 사람들로부터 좀처럼 이런 칭찬과 격려를 받을 기회가 많지 않습니다. 저도 칭찬받고 춤도 추고 싶은데 도통 칭찬을 해 주질 않습니다.

특히나 우리나라 사람들은 다른 사람에 대한 칭찬이나 감사의 말에 인색하기 그지없습니다. 은근히, 칭찬이나 격려의 말 한마디 듣고 싶어 슬쩍 어렵사리 말을 꺼내거나 유도해 보아도 별 소용이 없는 경우가 많습니다. 심한 경우에는 반대로 비판을 받을 때도 있습니다.

이런 경우에는 여간해서 힘을 내기가 말 그대로 힘겹습니다.

생각을 해 보면, 이런 경향은 비단 타인뿐만 아니라, 자기 자신에게도 마찬가지인 경우가 많습니다. 자기 자신 스스로도 잘하기 힘든 것을 타인에게 기대하고 있는 것입니다.

우리 스스로 먼저 자기 자신을 아끼고 격려도 하고 칭찬도 하고 더 나아가서는 상도 줄 필요가 있습니다.

물론 자기 스스로를 돌이켜 보았을 때, 잘못된 행동에 대해서는 이를 뉘우치고 반성도 하여야 할 것입니다.

내가 나에게 주는 위로
(시)

마음이 허전할 때가 있다.
그냥 우두커니 있어 보면 지나가리라.

마음이 울적할 때가 있다.
저런 때도 있었으니 이런 때도 있으리라.

마음이 힘들 때도 있다.
나뿐만 아니라 다른 사람들도 그러리라.

내가 가끔은 나 스스로를 친절하고 따뜻하게 안아 주리라.

– 시인 김순철

제3장

우리의 근본적인 문제와
관련한 것들

인간의 이성과 신의 섭리

저는 대학에 들어가고 나서 종교를 처음 접했습니다. 물론 어렸을 때 크리스마스 날 시골 교회에 사탕을 받으러 간 것은 뺀 것입니다. 그때는 교회에 갔으나 종교를 접한 것이 아니고 사탕을 만난 것뿐이기 때문입니다.

나름대로 뭔가를 어렴풋이 고민하기 시작한 것 같고, 정신적으로 무엇인지는 정확히 알 수 없지만 무엇인가를 심하게 갈망한 것 같습니다.

종교에 대한 갈망은 있었지만 백지상태였으므로, 우선 시골 출신답게 정서상 친근한 불교 모임부터 가 보았습니다. 숭실대에 다니는 고등학교 친구가 참여하는 곳입니다.

그러다 대학 2학년 때쯤 대학 친구를 따라 교회에 가 보았습니다. 그 친구의 권유로 교회 청년회와 여름 방학 1주일 수련회 등에도 참여해 봤습니다. 방언 기도 등 신기한 모습을 처음 보았습니다.

그런데, 성경 공부 모임에서 내용을 들어 보니 구원의 원리 등 정말 황당하고 의문투성이입니다.

대학교 3학년 때는 아버지가 갑자기 간암에 걸리셨습니다. 병원에서 6개월 시한부임을 알려 주었습니다.

이젠 저로서는 똥줄이 타는 상황입니다. 동네 교회에 나가서 목사님께 저희 집에 오셔서 아버지가 나으시게 기도 좀 해 주시라 부탁도 드렸습니다. 여러 차례 방문도 해 주시고 장례식에도 참석해 주셨습니다.

당시, 초보 기독교 신자인 저도 아버지께 알지도 못하는 성경을 읽어 드리고, 기도도 많이 했습니다. 완전 '구복 신앙'입니다.

하나님은 저의 간절한 기도를 외면하시고, 하나님의 뜻에 따라 아버지를 하늘나라로 데리고 가셨습니다. 당시 저로서는 이런 나쁜 하나님이 있나 싶었습니다.

모든 것이 엉망진창입니다. 머릿속이 하얗습니다. 수업도 들을 수 없어 3학년 2학기 때는 F 학점만 세 개입니다. 휴학을 했습니다. 현실 도피로 군대에 갔습니다. 교회도 이젠 이별입니다.

그런데, 하나님은 여러 가지 방법으로 저를 계속 부르셨습니다. 지금 생각하니 그렇습니다.

성경을 본격적으로 읽어 보았습니다. 전혀 이해가 되지 않고 뭔 말인지도 모르겠습니다.

성경은 정말 어려운 책입니다. 하얀 것은 종이요, 까만 것은 글자입니다. 제 머리와 이성으로 읽으려고 했기 때문입니다. 그래서, 아무 생각 없이 읽기 시작했습니다. 그러니 조금씩 읽힙니다.

신의 섭리를 피조물에 불과한 우리의 이성으로 다 이해할 수는 없습니다.

그런데, 이해 안 되는 것을 억지로 이해하려고 하는 것이 매우 잘못된 것일 수 있다는 생각이 문득 들었습니다. 이해가 되지 않는 부분은 제가 접근할 수 없는 영역이라고 생각됩니다.

이제 가끔 저 스스로 고백해 봅니다. '저는 바보입니다. 이제부터 어차피 알 수도 없는 부분은 제 영역이 아니고, 이를 알려고 하는 것 자체가 잘못입니다.'

이를 잘 묘사하고 있는 것이 괴테의 『파우스트』입니다. 진리를 알기 위해 평생 온갖 공부를 해 보았지만 모두가 허사입니다. 오히려 고민만 많아지고 얻은 것은 아무것도 없습니다.

악마와의 거래를 통해서라도 뭔가를 좀 얻어 볼까 노력을 합니다. 이것이 우리 인간의 한계입니다.

"내가 아무것도 모른다는 사실밖에 나는 아는 것이 없다."라는 소크라테스의 말도 맥락을 같이하는 것 같습니다.

아무튼, 교회에 제대로 다니지도 않으면서 성경을 저만큼 많이 읽은 사람도 드물 거라고 생각합니다.

우리는 무엇을 소유하는가

저는 행정고시에 합격하고 공무원으로서 근무하면서 사법고시를 2년간 공부한 경험이 있습니다.

젊은 혈기에 국장님이 열받게 했기 때문입니다. 보고를 하러 가면, 법적인 부분이 나오면, 거의 예외 없이 부처 내에 있는 변호사에게 물어보고 오라고 합니다. "국장님, 제가 법률책을 읽어 보고 다 검토를 한 것입니다." "김 사무관, 그래도 명확한 것이 좋으니 변호사에게 물어보고 와서 다시 보고해."

'이런 개 같은 경우가 있나. 내가 변호사 자격증을 따 버리자.' 속으로 생각하고, 근무가 끝난 저녁과 휴일에는 죽기 살기로 사법시험 공부를 했습니다.

그해 1차 합격하고, 다음 해 2차 시험에서는 7과목 모두 40점 과락을 넘기고 평균 49.27점을 받았습니다. 당시 합격점은 49.35점이었습니다. 이렇게 떨어질 확률은 정말 어렵습니다. 그래도 아무튼 저는 그렇게 낙방하였고 다시 도전하지는 않았습니다.

시험에 떨어지자 직장 친구들이 위로한다고 술을 사 줍니다. "너는 머리도 안 되는 녀석이 왜 사법고시까지 공부해서 고생을 했니?" 하면서 농담까지 합니다.

제 대답, "야! 그게 아니라, 머리는 되는데, 손이 말을 너무 안 들더라, 다른 사람은 답안지에 10장 쓸 때, 나는 아무리 빨리 쓰려고 해도 다섯 장밖에 쓰지 못했다.

행정고시 공부할 때는 글 쓰는 연습할 시간이 있었는데, 이번에는 책 읽기도 시간이 부족해서 글을 몇 년간 써 본 경험이 없었기 때문인지, 필체도 본래 별루였는데 펜을 잡고 글자를 쓰려고 하면, 분명 마음으로는 한글을 쓰고 있는데 계속 왜 한글이 아닌 아랍어 비슷한 글자가 써져 버리고, 한 여름이고 체력이 부족해서인지 4일간 시험 기간 동안 오전 오후 두 시간씩 답안지를 쓰려니, 1분마다 볼펜이 자꾸 미끄러져 버린다."

아무튼, 비록 사법고시에 떨어지기는 하였지만 법을 공부한 것이 이후 여러 측면에서 많은 도움이 되었습니다. 소위 '리갈 마인드(Legal Mind)'가 생긴 것입니다.

지금까지의 잡설은 이쯤 하고, 법적인 소유권의 개념을 떠나, 소위 '자기 것'이 무엇인지 헤아려 봅니다.

우선, 크기는 다르지만 각자의 '재산'이 있습니다. 사회적 '지위와 명예'도 있습니다. 자신의 '육신과 건강'도 있습니다. 좀 더 없나 생각해 봅니다. '영혼'도 포함될 듯합니다.

 이왕 생각해 본 김에 하나를 더 생각해 봅니다. 이 모든 것을 소유한 나 자신은 누구의 것이지? 자기 자신의 것이라고 선뜻 대답하기가 망설여집니다. 갑자기 좀 어렵습니다. 종교적 관점과 해석이 필요해 보입니다.

 소유 기간을 생각해 봅니다. 공직자의 경우는 장관, 차관 등 '직위'라는 것이 있습니다. 잠시 맡고 내려놓는 것이기 때문에 이를 굳이 소유라고 말하기는 힘들어 보입니다. 사회적 지위와 명예, 재산, 건강도 가변성이 있고 죽을 때는 다 놓고 갑니다.

 소유와 좀 더 다른 의미의 '신탁'과 '수탁자'라는 개념도 있습니다. 잠시 맡는다는 뜻입니다. 소유의 개념과 분명 구분되면서도 경계선이 좀 애~매한 측면도 있습니다.

 중세 유럽에서는 시간은 신의 소유로 간주되었습니다. 그래서, 유대인이 신의 소유인 시간으로 고리대금업을 하는 것을 매우 나쁘게 생각했습니다.

 시간은 영원합니다. 그러나, 이에 비해 한 개인의 육신적 삶의 시간은 매우 짧습니다. 그런 의미에서 육신적 소유는 거의 잠시 맡고 있는 신탁과 유사해집니다. 우리가 무엇을 소유하고 있다고 표현하는 것조차 다소 민망해집니다.

영혼은 차원이 달라집니다. 시간적으로 영원한 개념입니다.

그러면, 일시적인 것을 주고 영혼에 도움이 되는 것을 받을 수 있다면 엄청 남는 장사가 됩니다.

외모뿐만 아니라 마음도 이뻤던 오드리 헵번의 "사랑이 최고의 투자이다."라는 말도 이런 맥락에서 이해할 수 있습니다.

일시적 소유인 육체적 활동이나 재산을 이용하여 봉사나 자선을 함으로써, 영원한 우리의 영혼이 풍성해지고 윤택해지기 때문입니다.

사랑이 최고의 투자라는 삶을
살다 간 오드리 헵번

"사랑이 최고의 투자이다."라는 말은 20세기 최고의 배우 중 한 사람인 '오드리 헵번'이 한 말입니다. "많이 줄수록 훨씬 많이 받기 때문이다."라고 했습니다.

오드리 헵번은 매우 불우한 어린 시절을 보냈습니다. 6살 때부터 아버지 없이 살았고 2차 대전의 한복판에서 먹을 것이 없어서 굶기가 일쑤였고, 쓰레기장에서 음식 쓰레기를 발견하면 너무 반가워 상한 것인지는 따지지도 않고 먹었을 정도라고 합니다.

영양실조로 매우 가냘픈 체형이 되었고, 「로마의 휴일」로 대스타가 되었지만 63세의 일기로 죽을 때까지 이러한 체형은 변하지 않았습니다.

유난히 청순한 외모와 아름다운 영혼을 가진 오드리 헵번은 대성공한 이후에도 불우했던 어린 시절을 잊지 않으려고 노력했습니다. 말년에는 아프리카 봉사 활동 등을 하다가 세상을 떠났습니다.

불우했던 경험은 칼이 될 수도 있고 사랑의 꽃이 될 수도 있습니다. 주변에서도 상반된 행태는 흔히 볼 수 있습니다.

똑같은 불우한 경험이라는 재료에서 무엇이 칼과 꽃이라는 정반대의 결과를 만드는 요소일까 의문입니다.

아무튼, 고통이 꽃이 되기 위해서는 '승화 과정'이 필요해 보입니다. 이 또한 저절로 되는 것 같지는 않습니다. 나름 부단한 노력 등이 있었을 것입니다.

그녀는 무엇을 주고 무엇을 받았길래 "사랑이 최고의 투자이다."라는 멋진 말을 남겼을까요? 어림짐작할 수 있습니다. 좋은 일을 하는 사람들이 언론 등에서 하는 말과 비슷하지 않을까 생각됩니다. 여기까지는 오드리 헵번의 말이 얼추 쉽게 이해가 됩니다.

그럼, 바꿔서 저 스스로에게 질문을 던져 봅니다. 금방 답할 수 있을 듯한데, 좀 애매한 측면도 있습니다. "인생의 최악의 투자는 무엇이지?" 저는 가장 소중한 '시간'을 별 의미도 없는 것에 낭비하는 것이라고 좀 애매하지만 추상적으로 생각합니다.

똑같은 말도 누가 하느냐에 따라 힘이 다릅니다. 다른 사람의 마음에 깊은 감동을 주는 경우도 있고, 공허한 소리에 그치는 경우도 있습니다.
그 말한 사람의 삶의 무게에 비례해서 말의 무게가 달라지지 않나 생각합니다.

오드리 헵번은 말년에 또 하나의 멋진 말을 합니다.

"나이가 드니 왜 내가 손이 두 개인 줄 알게 되었다. 하나는 자기를 돕기 위하여, 또 다른 하나는 다른 사람을 돕기 위한 것이다. 그런데, 양손이 똑같은 줄 알았는데, 자세히 보니 크기가 다르다."

오드리 헵번은 외모만 예뻤던 것이 아니라 내면의 마음이 더 예뻤던 것 같습니다.

주요 종교의 특징

인구 기준으로 세계 4대 종교는 기독교, 이슬람교, 불교, 힌두교입니다.

고려 시대에는 불교, 조선 시대에는 유교라고 하므로, 유교도 불교와 대등한 종교인지 잠깐 의문이 들지만 이는 법가, 도가 등과 같은 철학 내지는 사상이지 종교라고는 보기 어렵습니다. 종교의 요소가 많이 부족합니다.

종교 중 종말론적 유일신에 바탕을 둔 것이 유대교, 기독교, 이슬람교입니다.

현실적으로 기독교 신자들과 무슬림들의 반목이 매우 큰 것과는 달리, 기독교와 이슬람교는 뿌리가 같고, 똑같은 하나님을 기독교에서는 '여호와'로 이슬람교에서는 '알라'로 부를 뿐, 차이점보다 공통점이 훨씬 많습니다. 구약 성경이 공통 경전이고, 예수님을 보는 관점이 다를 뿐입니다.

유대교 지도자들은 예수님을 거짓 선지자로 간주하여 십자가형에 처했습니다. 그래서, 기독교 국가화된 유럽에서 유대인이 미움을 받는 원인이 됩니다. 이들의 경전은 『모세 오경』을 중심으로 한 '토라'입니다.

7세기 초 무함마드에 의해 창시된 이슬람교는 예수님을 신이 아닌 훌륭한 선지자로 봅니다.

하나님이 선지자 예수님을 통하여 가르침을 주셨는데, 제자들이 세월이 흘러가면서 이를 왜곡했기 때문에 이를 바로잡기 위해서 또 다른 선지자 무함마드에게 가브리엘 천사를 보내 가르침을 2년간 주었다는 것입니다. 이 가르침이 이슬람교 경전인 『코란』입니다.

이들 유대교, 기독교, 이슬람교 세 종교의 공통 핵심은 하나님 이외의 신을 믿지 말고, 이웃을 사랑하라는 것입니다. 그리고, 평화입니다.

그런데, 역사적으로 기독교와 이슬람교 모두 성스러운 전쟁이라는 이름으로 매우 잔인한 전쟁을 합니다. 십자군 전쟁이 대표적입니다.

종교는 사람들을 동원하는 데 엄청난 힘이 있습니다. 종교를 왜곡해서 이용하면 종교라는 명분으로 그 종교의 본질과는 전혀 무관한 엉뚱하고도 매우 파괴적인 짓을 저지르게 됩니다.

완전히 다른 것끼리는 보완적인 역할을 하는 경우가 많은 반면, 비슷한 것끼리는 더 친해야 할 것임에도 불구하고 이와는 정반대로 더 알력과 갈등이 심합니다. 기독교와 이슬람교 사이의 관계가 비슷한 것 같습니다.

한편, 윤회 사상을 바탕으로 한 것이 브라만교, 힌두교, 불교입니다.

브라만교와 힌두교는 정치적 목적으로 인도의 정복 민족인 아리안 족이 토착민들을 피부색에 따라 철저히 차별화하는 카스트 제도를 정당화하기 위한 측면이 강합니다. 창시자나 통일된 교리도 없고 수많은 신화를 바탕으로 하는 특징이 있습니다.

종교가 인간 존재의 근원적 문제를 해결해야 한다는 측면에서 보면, 브라만교와 힌두교, 이 두 종교는 이러한 역할은 전혀 못 하고, 오히려 현실을 합리화만 하고 있어 이를 종교라고 보기 어려운 점도 있다고 저는 생각합니다.

불교는 끊임없이 윤회의 고통에서 벗어나기 위해서는 깨달음의 해탈과 열반에 들어가야 한다고 합니다. 자비와 평등의 교리를 바탕으로 하고 있습니다.

따라서 세계 3대 종교인 기독교, 이슬람교, 불교가 진정한 종교로서 의미가 있습니다.

우리는 살아가면서 많은 의문에 부딪히게 됩니다. 그 의문들을 따라가다 보면, 결국 신이나 종교의 문제에 종착하게 됩니다.

종교의 선택은 각자의 자유입니다. 무신론과 무종교를 주장하는 사람들도 많이 있습니다.

    그러나, 종교를 백안시하는 것보다는 종교의 특성들을 어느 정도 알고 선택해도 늦지 않다고 생각합니다.

기독교와 불교

　범위를 좀 좁혀 보면 세계 3대 종교는 기독교, 이슬람교, 불교입니다. 기독교와 이슬람교, 유대교는 똑같은 하나님을 믿는 등 뿌리가 같고 유사성이 많습니다.

　우리나라는 역사적으로 불교가 삶과 정서에 깊숙이 자리 잡고 있습니다. 기독교가 우리나라에 들어온 것은 불과 조선 시대 말경이므로 역사가 깊지는 않습니다.

　그런데, 기독교와 불교도 공통점이 참 많습니다. 인간의 인생이 허무하다는 것, 사는 것이 힘들고 고통스럽다는 것, 인간은 평등하다는 것(불교는 모든 생물까지도), 사랑과 자비를 강조한다는 것 등입니다.

　종말과 윤회, 유일신 여부 등 뚜렷한 차이도 있지만 보완적인 부분이 훨씬 더 많다고 생각합니다. 불교는 마음을 다스리는 것, 깨달음, 자기 수행 및 참선 등을 강조하는데 이는 기독교와 전혀 배치되지 않고 오히려 보완적 측면으로 볼 여지도 큽니다.

　가끔 법정 스님이나 탓닉한 스님 등의 책을 읽거나 강연 내용을 들어 보면, 이를 목사님이 설교 말씀으로 하셨다고 해도 전혀 이상하지 않습니다. 뿐만 아니라 독특한 위안을 받게 되고 지혜를 많이 얻게 됩니다.

그런데, 불교 신자 입장에서는 성경 내용이나 목사님의 설교 말씀은 받아들이기 쉽지 않아 보입니다. 종교는 누가 옳으냐를 입증할 수 있는 논리의 문제가 당연히 아닙니다. 각 개인의 '체험'을 통하여 '믿음'이 커지는 반복 순환 과정을 통해 '신앙심'이라는 열매가 맺히고 성숙되어 나가는 것입니다.

암튼, 어떤 종교라고 하더라도, 정치나 세속에 때 묻지 않은 '순수함'을 고스란히 가질 때는 그 자체로 충분한 의미가 있다고 생각됩니다.

법정 스님은 '무소유'를 강조하시고 이를 그대로 실천했을 뿐만 아니라 대부분을 깊은 산속에서 수행하면서 보내시고, 아주 가끔만 강연 등을 위해 대중 앞에 섰습니다.

살면서 알게 된
인간만의 독특한 특성들

저는 살아오면서 인간만의 몇 가지 특성을 보았습니다.

첫째는 '자살'을 하는 유일한 존재라는 것입니다. '오죽했으면…' 하는 동정심이 먼저 들기는 하지만, 자연과 신의 섭리에 정면 반발하는 행동이기도 합니다.

둘째, 부모를 섬기는 유일한 동물입니다.
대부분의 사람은 자식을 끔찍이 위합니다. 그런데, 다른 동물들도 목숨 걸고 새끼들을 지키는 것을 보면, 이는 '본능'에 가까운 행위이지 사랑이나 착한 일이라고 하기 어려운 측면이 있습니다.

반면, 부모를 잘 섬기는 것은 다른 동물들에게서 전혀 찾아볼 수 없고 종족 유지나 번성 등 본성과도 전혀 무관한 행동입니다. 그래서 저는 효도를 '착한 일'이라 부릅니다.

셋째, 인간에게는 '양심'이 있다는 것입니다. 만약 양심이 없다면 자기 자신만을 위해 먹고 마시고 즐기자 할 것입니다. 수단과 방법을 가릴 필요조차 없습니다.

이 세상에서 오직 자기 자신을 위해 살다 죽으면 그뿐일 것입니다.

그런데, 특이하게 사람에게는 양심이라는 것이 있습니다. 양심이 작동한다는 것은 현실 세계 이후를 상정한 것이기도 합니다. 즉, 이 세상이 끝이 아니고 사후 세계 내지는 신의 존재에 대해 인정을 하지 않고는 설명하기가 쉽지 않습니다.

그럼에도 불구하고, 사후 세계나 신의 존재에 대한 명확한 인식이 없는 사람들과 더 나아가 이를 부정하는 사람들도 대부분 양심이라는 것이 작동을 하는 듯합니다.

인간은 지능 등 양적인 차이는 있지만 기본적으로 다른 동물들과 똑같습니다.

그러나, 오직 인간만이 양심이 있다는 것은 질적으로 다른 동물들과 인간을 구분하는 결정적 요소라고 생각합니다.

이는 인간만이 하나님의 형상을 따라 지음을 받은 영적인 존재라는 직·간접적인 증거가 아닐까 하는 생각도 듭니다.

사랑은 주는 것인가
받는 것인가

이 질문을 받으면, 많은 사람은 주는 것이라고 대답할 것입니다.

사랑은 자신이 아끼는 소중한 무언가를 상대방에게 반대급부를 바라지 않고 주는 것입니다. 물질적인 반대급부뿐만 아니라 칭찬 등 정신적인 반대급부를 바라고 하는 것은 장사이지 사랑은 아닐 것입니다.

성경은 매우 두껍고 어려운 책입니다. 그러나, 한마디로 요약하면, "유일하신 창조주 하나님을 사랑하고 네 이웃을 사랑하라."입니다. 즉, 사랑이라는 말로 집약됩니다.

하나님께는 그럼 무엇을 드려야 할까요? 마음뿐입니다. 하나님은 물질을 필요로 하지 않으십니다. 인간이 드리는 물질로 살아가시지 않기 때문입니다.

십일조라는 것도 궁극적으로 하나님께 드리는 개념은 아닙니다. 유대 12지파 중 레위 지파가 제사를 맡습니다. 이들은 토지를 분배받지도 못했습니다.

그래서 나머지 11개 지파가 자신의 소출 10%씩 주어서 생활하게 합니다. 그러면 12개 지파가 거의 균등해집니다.

즉, 십일조는 구약 시대의 12개 유대 지파의 특수성을 반영한 것이고, 신약에서는 이런 개념 자체가 기록되어 있지는 않습니다.

매우 조심스러운 얘기지만 최근 교회의 십일조는 성경의 취지와는 좀 다르게 운용되고 있는 듯도 합니다.

한편, 이웃에게는 무엇을 주어야 할까요? 하나님의 형상(모습의 의미가 아님)을 따라 지음을 받은 이웃에게도 무엇보다 마음을 주어야 합니다.

그런데, 인간은 살아가기 위해서는 마음도 중요하지만 물질도 필요합니다. 그래서, 물질로도 도와야 합니다.

다음으로 사랑은 누구로부터 받는 것인가 하는 문제입니다.

우리 피조물인 인간은 우선 하나님의 사랑을 받아야 하고 창조주 하나님은 사랑의 하나님이십니다.

우리 인간을 불쌍히 여기셔서 독생자 예수님을 보내셔 십자가에 못 박히는 고통을 당하시게 하시면서까지 우리를 구원하시는 사랑의 하나님이십니다.

다른 사람에게는 사랑을 '기대'하지 않는 게 맞는 것 같습니다. 똑같은 연약한 인간이기 때문입니다. 괜한 기대를 했다가 오히려 상처만 더 받을 수도 있습니다.

그러나, 기대는 하지 않더라도 주다 보면 받게 되고 서로 의지하면서 살아가게 되는 것 같습니다.

종교를 통한
부당한 속박과 강요

　같은 기독교 계열인 개신교와 가톨릭교의 술과 담배에 대한 태도는 확연히 다릅니다. 개신교에서는 이를 엄격히 금지하고 있을 뿐만 아니라 이를 죄악시하고 있는 반면, 가톨릭교에서는 이를 허용합니다.

　개신교나 가톨릭교는 똑같은 성경을 경전으로 사용하고 있습니다. 그럼에도 불구하고 상반된 태도를 보이는 것이 이해가 가지 않습니다. 진리는 둘 중 하나일 것입니다.

　성경을 아무리 살펴보아도 음주와 흡연을 금하는 내용은 찾아볼 수 없습니다. 오히려, 예수님이 물로 포도주를 만드는 이적을 보여 주셨고, 마시기를 즐기신다는 표현도 있습니다. 물을 마실 때 이를 즐긴다고 표현하지는 않을 것임을 감안하면 포도주일 것으로 생각됩니다.

　지나친 음주와 흡연이 건강 등에 나쁜 영향을 미친다는 것은 모두가 인정하는 사실입니다. 그러나, 이를 종교의 힘으로 강제하는 것은 별개의 문제이고 차원이 다른 것입니다.

아무리 좋은 취지라고 할지라도 이를 금지하면서, 이를 어겼을 경우에는 죄인 취급을 하는 것은 잘못이라고 생각합니다.

죄인 것을 죄가 아니라고 하는 것도 안 되지만, 죄가 아닌 것을 죄라고 하는 것은 더욱더 안 될 것입니다.

예수님도 우리 입으로 들어가는 어떤 것도 우리를 더럽히지 못하고, 우리의 마음에서 나오는 것이 더럽다고 말씀하셨습니다. 당시 손을 씻지 않고 음식을 먹는 엄격한 전통에 대한 비판이셨습니다. 그리고, 종교 지도자들이 쓸데없는 율법을 만들어 사람들을 속박하고 짐을 지우는 것을 매우 강한 어조로 꾸짖으셨습니다.

이슬람교에서는 여성의 사회적 활동을 제약하거나 히잡과 차도르, 부르카 등 복장을 엄격히 제약하는데, 이러한 여성 억압으로 인해 비판을 받기도 합니다. 심지어는 얼마 전 이란에서 히잡을 착용하지 않은 한 여성이 의문의 죽임을 당하여 많은 국제적인 반향을 일으키기까지 하였습니다.

이슬람교 창시자 무함마드는 여성을 잘 숨겨야 할 보석에 비유하였습니다. 오늘날에는 보석을 너무 소중하게 다루다 보니 보석이 숨을 쉬기도 어려워져 버린 것입니다.

힌두교 사회에서는 "소가 여성보다 더 안전하다."라는 웃지 못할 말이 있을 정도로 여성을 거의 사람으로 취급을 하지 않습니다. 힌두교가 남성 및 인종 우월주의에 바탕을 둔 브라만교라는 철저히 불평등과 차별을 위한 것에서 비롯되었다는 점에서 이는 교리적으로 확고히 뒷받침까지 되어 있습니다.

가장 극단적인 행태가 '사티(Sati)'라는 것입니다. 힌두 사회에서는 남편이 먼저 죽은 여성은 죄 덩어리로 취급을 하고, 남편의 시신을 화장할 때 부인이 같이 산 채로 화장되는 것을 아름다운 전통으로 간주하여 강요까지 합니다.

종교의 힘은 엄청납니다. 그 힘이 인간의 속박을 풀어 주고 짐을 가볍게 하는 쪽으로 되어야 함에도 불구하고, 현실에서는 오히려 반대 방향으로 작용하는 경우도 위와 같이 많이 있습니다.

각 종교에는 특성상 엄숙함과 지켜야 할 예절이나 규율이 있을 수 있습니다. 이러한 점을 인정하더라도, 종교가 지나치게 짐을 더하고 속박을 강요하는 것이 맞는지 생각해 볼 문제라고 생각합니다.

見月忘指
– 달을 보고 손가락은 잊어라

견월망지라는 말은 달을 보라고 손가락으로 가리키니, 사람들이 달은 보지 않고 가리키는 손가락만 본다는, 즉 진정 봐야 할 것을 보지 않고 엉뚱한 것만 바라본다는 뜻입니다.

이런 일들은 주변에서 흔히 볼 수 있습니다. 당장 가까이 보이는 것만 보는 현상입니다.

기독교, 불교, 이슬람교, 모두 중요한 가르침으로 가난한 이웃을 도우라고 합니다.

실제로 이 기능을 가장 잘하는 것이 이슬람교입니다. 이슬람교에서는 2.5%의 구휼세를 내도록 되어 있습니다. 신자가 직접 가난한 이웃에게 주어도 되고, 사원에 납부해도 됩니다. 이슬람교 국가에서는 이 돈으로 의료 체계를 정비하여 가난한 사람도 의료 혜택을 잘 받을 수 있도록 하고 있다고 합니다.

우리 주변에서 흔히 볼 수 있는 기독교와 불교는 이런 기능이 사실상 마비되어 있습니다. 종교로서의 중요한 기능을 상실한 것입니다. 교회와 절은 가난한 자에게 활짝 열려 있어야 함은 너무나 당연합니다.

약 10년 전 매우 덕망 있는 목사님이 담임 목사님으로 계시는 큰 교회를 지나다 깜짝 놀랐습니다. 벽에 커다랗게 새벽 기도 참석 안내 벽보를 붙여 놨는데, 참가비가 10만 원이라고 적혀 있습니다. 절에 가보아도 '100일 기도 얼마'라고 적어 놓은 곳이 많습니다.

큰돈은 아니고 실비에 충당하는 등의 취지가 있을 수도 있겠지만, 기본적으로 교회나 절은 신도들이 예배를 드리고 기도하는 곳입니다.

가난한 신도는 기도에 참석하고 싶어도 참석할 수 없다는 것으로도 보입니다. 있을 수 없는 일이라고 생각합니다. 이는 종교가 세속화된 아주 작은 사례에 불과합니다.

종교가 타락하면, 사회 정화 기능이 잘 작동하지 않아 많은 사회 문제를 야기함은 중세 유럽 사회 등 역사에서 쉽게 찾을 수 있습니다.

목사님, 신부님, 스님 등이 신자로부터 나오는 헌금 등으로 생활을 하는 것은 교리상 전혀 문제가 없습니다. 그러나, 소위 성직자가 이를 기화로 탐욕에 빠지거나 분수에 넘치는 생활을 하는 것은 분명 심각한 문제가 있습니다.

그럼에도 불구하고, 성직자들이 신도 위에 군림하거나 분수에 넘치는 생활을 하는 경우가 많이 있는 것이 현실입니다. 그러다 보니 엉뚱하고 요상한 설교까지 그럴듯하게 합니다.

성직자는 마음을 비운 사람이어야 하고 깨끗해야 합니다. 완벽할 수는 없어도 일반인보다는, 나아가 평균 신도보다는 적어도 그래야 할 것입니다. 성직자들이 타락할 때 이것만큼 봐주기 힘든 일도 드뭅니다.

많은 사람이 여러 이유로 교회나 절에 찾아갔다가 고개를 가로젓는 경우가 이런 성직자의 모습이나 소위 성도들이 더 나쁜 짓을 많이 한다고 느낄 때입니다. 종교로 인도해야 할 사람들이 오히려 큰 장애물이 되는 역설적인 경우입니다.

제가 교회에 나가기 힘들어하는 이유도 여기에 있습니다. 여러 교회를 찾아보았지만 쉽게 찾기도 힘든 실정입니다. 이 꼴 저 꼴 보고 있노라면 심한 회의가 저절로 들기 때문에 살짝 피하는 겁니다. 이런 것에 구애받지 않을 정도로 제 인격과 포용력이 높아지면 다시 한번 문을 두드려 볼 생각입니다.

그러나, 우리와 같이 연약한 한 인간에 불과한 현실의 성직자들이 잘못한다고 해서 그 종교가 잘못되었다고 할 수는 없을 것입니다.

그 종교의 본질을 보아야 합니다. 이런 경우에 적합한 말이 있나 생각해 보니 "구더기 무서워 장 못 담글까." 정도입니다.
그리고, 손가락을 보지 말고 달을 보려고 노력해야 합니다. 이 말에 가장 먼저 해당하는 사람이 저임을 고백하지 않을 수 없습니다. 성질머리를 고쳐야 하는데 쉽지 않습니다.

사랑과 정의의 어울림

　저는 법무부 예산을 담당한 적이 있습니다. 검사 출신들이 법무부의 주요 보직을 차지하고 있어 법무부 내에서 가장 힘없는 부서 중 하나가 교도소를 관할하는 교정 본부이기도 합니다.

　당시 안양 교도소를 한번 가 보자고 교정국 직원들이 설득하여 가 보았습니다. 정말 가관입니다. 너무나 열악하기 그지없습니다. 겨울인데 난방 시설도 안 되어 있고, 비닐로 창문을 막고 있습니다.

　밖에서 막연히 생각했던 것보다 실제 상황은 매우 심각하게 열악하여 이게 말이 되나 싶었습니다.

　여기 죄수복을 입은 사람이 저 자신일 가능성도 있다는 생각도 듭니다. 들키지 않았거나 백지장 하나 차이로 다행히 생각을 달리하여 이를 모면했을 수도 있습니다.

　그래서, 제가 교도소 난방 시설을 전부 교체하자고 100억 원의 예산을 배정하고 예산 심의 때 예산실장 등을 설득해서 전국 교도소 난방을 고쳤습니다.

죄수들은 어찌 보면, 우리 사회의 어두움의 일면이고 이들이 희생양인 측면도 많다는 생각이 듭니다. "누가 이들에게 돌을 자신 있게 던질 수 있나."라는 구절을 굳이 인용할 필요도 없습니다.

사랑은 모든 걸 덮어 주고 감싸 주는 것이라고 합니다.
그런데, 우리 사회에는 '칼만 안 든 강도 짓'을 하는 사람들을 많이 봅니다. 주로 권력과 부, 힘 등 소위 가진 자들입니다. 주로 덜 가진 자들이나 일반 대중 다수를 상대로 한 범죄라는 측면에서 죄질이 매우 나쁩니다.

엄청난 권력형 비리를 저지르고서도 이들은 너무 억울해서 피를 토하는 심정이라고 합니다. 아무 쓸모도 없는 더러운 피를 토해 낼 것이 아니라, 못된 짓으로 처먹은 돈이나 토해 낼 것이지 이것은 아까워서 토해 내지 않으려고 별의 별 쇼까지 합니다.
정말 철면피에 양심이 마비된 케이스들을 많이 보게 됩니다.

이들의 이런 못된 짓도 사랑이라는 명분으로 감싸 주고 못 본 척을 해야 하는지, 아니면 정의라는 이름으로 일벌백계를 주장해야 하는지 의문이 듭니다.
정의에 눈 감은 자는 불의의 편이라는 유명 정치인의 말도 있습니다.

사랑과 정의가 갈등 관계처럼 보입니다. 사실 갈등 관계에 있습니다.
불의와 범죄는 바로잡아야 합니다. 특히, 힘 있는 자들이 자신의 힘을 이용하여 저지른 범죄는 일벌백계하여야 합니다. 형사 정책적 논란은 다소 있지만, 그래야 동일한 범죄가 만연하는 것을 막을 수도 있습니다.

법은 만인에게 공평해야 합니다. 오히려, 힘 있는 자들에게는 더욱 높은 도덕성과 엄격한 잣대를 적용해야 합니다. 그러나, 어느 시대나 사회를 막론하고 현실은 이와는 정반대입니다.

사랑은 정의를 외면하지 않습니다. 잘못된 것에 대해서는 침묵해서는 안 됩니다. 사랑은 정의와 함께하는 것일 때 진정한 의미가 있다고 생각합니다.

그리고, 법 집행 과정에서는 냉혹함보다는 '회개와 교화'에 방점을 두고 사랑의 요소가 포함되어야 한다고 생각합니다.

언행일치와 신행일치

당신은 말과 행동이 일치하나요?
당신은 믿음과 행동이 일치하나요?

이런 질문을 막상 받으면 자신 있게 그렇다고 대답할 수 있는 사람은 아무도 없을 것입니다. 그만큼 힘들고 불가능하기 때문입니다.

그러나, 매우 중요한 가치임은 분명합니다. 말과 행동이 일치해야 그 말이 설득력이 있고 무게가 있습니다. 또한 믿음과 행동이 일관성이 있어야 참된 믿음이 될 것입니다.

요즘 제가 글을 써서 여러 톡방에 올리는 경우가 많아졌습니다. 얼마 전 친한 후배 두 명과 유쾌한 저녁 식사 자리가 있었습니다.

한 후배가 "순철 형은 톡방에 올리시는 글과 지금 얘기하는 것이 좀 다르네요." 합니다. 물론 가벼운 농담 비슷합니다. 제가 대답했습니다.

"내가 바보니? 글은 증거로 남는 거고 다른 사람들이 보는데, 어떻게 내 생각과 행동한 대로 쓰겠냐? 그럴듯하게 써야지." 제 대답은 사실이기도 합니다.

이 책을 쓰면서, 원고를 한번 읽어 달라고 아내에게 주었습니다. 여러 가지 말 중에 또 비슷한 질문이 들어옵니다. "당신 평소의 말과 행동하고 다른 내용도 많이 있네요."

저는 또 똑같은 답을 할 수밖에 없습니다. "나는 바보가 아니다. 그리고, 책은 자신의 행동을 쓰는 것이 아니고 생각을 쓰는 것이다."

마음, 생각, 신앙인의 경우 믿음과 이를 표현하는 말과 글, 그리고 실제 행동들은 각자의 삶을 구성하는 부분들입니다.

대부분 마음에 있는 것이 부지불식간에 말로 나옵니다. 그러나, 다른 사람을 의식하게 되면 마음에 없는 말을 하기도 합니다.

마음과 말과 행동 중에서, 실제 행동이 가장 현실적이고 이기적 경향이 강하다고 저는 생각합니다.

한편, 우리 모두는 현실이라는 땅을 밟고 살아갈 수밖에 없습니다. 현실에 적응하고 타협도 할 수밖에 없습니다.

그러다 보면, 이들이 완벽히 조화를 이루고 일관성을 갖기는 어렵습니다.

그렇다고 하더라도 언행일치와 신행일치의 가치를 헌신짝처럼 버릴 수도 없습니다. 문제 인식을 갖고 노력을 하는 수밖에 없습니다.

이는 사람들뿐만 아니라 하나님도 봐주기 힘든 가장 나쁜 행태인 '위선의 문제'와 직결되기 때문입니다.

사람은 무엇을 남길 수 있는가

사람은 죽을 때 무엇을 남기고 가고 무엇을 본인이 가지고 갈까를 한 번 생각해 볼 필요가 있습니다. 인간은 유한한 존재이기 때문입니다.

사람은 태어나는 순간부터 무엇을 얻기 위해 의식적·무의식적으로 많은 노력을 하고 살아가다 결국 죽음에 이릅니다.

우리가 살아가면서 추구하는 부와 명예, 건강 등은 선한 사람에게 더 많이 주어지는 것도 아님은 우리가 경험적으로 너무나 잘 알고 있습니다.

아무리 선하게 살더라도 죽는 순간까지도 이러한 것들이 주어지지 않는 경우도 부지기수로 볼 수 있습니다.

우리는 우리가 눈으로 볼 수 있는 것만이 있는 것으로 착각을 하는 경우가 많습니다. 그러나, 진정 중요한 것은 눈에 보이지 않는 것입니다. 예컨대, '돈'은 눈에 보이지만, 이보다 중요한 '사랑'은 눈에 보이지 않습니다.

물질적인 풍요를 중시하지만 정신적인 것도 매우 중요한 것과 비슷한 이치이기도 합니다.

우리가 눈에 보이지 않는 무엇을 남기고 가고, 우리가 눈에 보이지는 않는 무엇을 가지고 가는지 한번 생각해 볼 가치가 있다고 생각합니다.

하나님은 우리가 도저히 이해할 수 없는 방법으로 우리를 사랑하신다고도 합니다.

감사하는 마음을
갖게 되는 축복

우리가 현실의 땅을 딛고 살고 있는 곳은 자본주의 경제 체제입니다. 물론 많은 장점을 갖고 있지만, 객관적으로 보면 '적자생존의 원칙'과 '정글의 법칙'이 그대로 적용되는 냉혹한 곳이기도 합니다.

잘 적응하고 능력이 있는 사람들에게는 이보다 좋을 수는 없겠지만, 뒤처진 사람들은 그야말로 죽을 맛입니다. 취약 계층인 이들은 경제 위기, 코로나19 위기, 자연재해 등 온갖 재난이 닥칠 때도 항상 예외 없이 희생의 제물이 됩니다.

각종 자연적이거나 사회적·경제적인 위기가 발생하게 되면, 어김없이 자본주의의 화려한 옷 속에 감추어져 있다가 험상궂은 민낯을 그대로 드러내고 맙니다.

이번 호우 때도 발달 장애인 언니와 딸과 함께 반지하 방에서 물이 차오르는 상황에서 이를 지켜보면서도 차오르는 물의 압력 때문에 문을 열고 빠져나오지 못하여 갇혀 죽은 너무나 가슴 아픈 사연이 전해졌습니다. 물이 차오를 때 빠져나갈 수 없는 엄청난 공포를 온몸으로 느끼며 죽어 갔을 것입니다.

우리는 인간의 목적이 행복이라고 가르치고 배우고 있습니다.

한편, 우리가 살고 있는 자본주의 사회는 돈이 곧 힘입니다. 그래서, 모두 더 많은 돈을 벌기 위해 혈안이 되어 있습니다.

돈이 없으면 얼마나 가혹한 자본주의의 쓴맛을 톡톡히 맛보아야 하는 지를 스스로 또는 주변을 통하여 쉽게 경험할 수 있기 때문에, 사람들은 행복해지려고 돈을 추구합니다. 더 이상 생각할 필요도 없습니다.

그러나, 아무리 자본주의 사회이지만 돈이 행복을 가져다주지는 못한다는 것은 자명한 사실입니다. 이것을 알면서도 스스로 착각의 함정에 빠지는 것입니다.

그러면, 진정한 행복은 어디에서 오는지 의문이 듭니다. 행복이 심리적인 것이므로, 당연히 우리의 마음에서 올 것입니다.

저는 요즘 '행복은 감사하는 마음에서 온다.'라고 생각합니다. 여건 여하와 관계없이 감사를 하다 보면 행복해지고, 행복하다고 생각하면 또 감사하게 됩니다. 선순환의 심리가 반복되며 서서히 강화되는 구조입니다. 마찬가지로 불평을 할 때는 악순환의 고리에 빠지게 됩니다.

좋은 상황에서는 감사하기 쉽습니다. 그러나, 어려운 처지나 고통스러운 상황에 처하게 되면 감사하는 마음은커녕 불평이 나오는 것이 일반적입니다. 따라서, 진정한 감사는 힘들 때 하는 것입니다.

『사랑의 원자탄』이라는 책으로도 유명하신 손양원 목사님이 사랑하는 두 아들을 공산당 청년 양재선에게 잃고, 양재선을 양아들로 삼고서 두 아들의 장례식에서 다음과 같은 9가지 이유를 들어 감사 기도를 하였다고 합니다.

첫째, 나 같은 죄인의 혈통에서 순교의 자식을
나오게 하셨으니 감사합니다.

둘째, 허다한 많은 성도 중에 이런 보배들을 주께서
하필 내게 맡겨 주셨으니 감사합니다.

셋째, 3남 3녀 중에서도 가장 아름다운 두 아들
장자와 차자를 바치게 된 축복을 감사합니다.

넷째, 한 아들의 순교도 귀하다 하거늘 하물며 두 아들이
순교하게 됨을 하나님께 감사합니다.

다섯째, 예수 믿다가 누워 죽는 것도 큰 복이거늘
전도하다 총살 순교를 당함에 감사합니다.

여섯째, 미국 유학 가려고 준비하던 내 아들,
미국보다 더 좋은 천국에 갔으니 안심되어 감사합니다.

일곱째, 나의 사랑하는 두 아들을 총살한 원수를 회개시켜
내 아들로 삼고자 하는 사랑의 마음을 주신 하나님께 감사합니다.

여덟째, 두 아들의 순교로 말미암아 무수한 천국의 아들이
생길 것이 믿어지니 감사합니다.

아홉째, 이 같은 역경 중에 이상 8가지 진리와
하나님의 사랑을 찾은 기쁜 마음과 여유 있는 믿음을 주신 우리 주님
께 감사합니다.

이렇듯 분수에 넘치는 과분한 복을 주신 하나님께
모든 영광을 돌립니다.

이런 상황에서 감사 기도를 드릴 수 있다는 것은 절대 일반인이 할
수 없는 일입니다. 설령, 웬만큼 믿음이 좋은 기독교 신자라고 하더라
도 비슷할 것입니다.

손양원 목사님과 같은 정도는 아니더라도, '감사하는 마음을 가져
야지.' 하는 생각을 하다가도 금방 까먹어 버립니다. 감사하는 마음은
쉽게 생기지 않습니다. 손양원 목사님은 지금 저보다 더 젊으신 나이
에 돌아가셨습니다.

자기 마음을 자기 자신이 마음대로 결코 못 한다는 생각이 듭니다.
자신이 스스로 '걱정하지 말아야지.' 마음먹는다고 걱정이 없어지는
것이 아닌 것과 같습니다.

제 아내는 머리가 바닥에 닿으면 금방 잠이 듭니다. 낮이고 밤이고
구분도 하지 않습니다. 저는 저녁에 자려고 누워도 이 생각 저 생각에

잠이 오지 않는 경우가 가끔 있습니다.

어느 날 제가 "당신은 걱정이 없어서 좋겠어. 잠을 잘 자니." 했습니다. 대답이 가관입니다. "나라고 왜 걱정이 없겠어? 모든 걱정을 다 주님께 맡기고 그냥 자는 거지."

저는 다시 의문을 제기합니다. "당신은 심지어 설거지도 안 하고 그냥 잘 때도 많은데, 이렇게 자면서 주님께 설거지 등을 다 맡겨도 대신 해 주셔?"

감사하는 마음은 하나님이 주시는 선물과 같다는 생각이 들 때가 많이 있습니다. 하나님이 주시지 않으면 받을 수가 없습니다.

왜 제가 이런 생각을 하냐면, 우리가 살다 보면 평소 불평거리였던 것이 어느 날 문득 '아, 감사할 일이구나.' 하는 생각이 드는 경우가 있기 때문입니다.

주말마다 찾아뵐 수 있는 어머니가 계시고, '내가 작은 무엇인가를 해 드릴 수 있다는 것이 감사한 일이구나.' 하는 식입니다.

아무튼 이런 일의 범위가 넓어지고 빈도수가 많아지면 행복은 저절로 따라오는 것 같습니다.

항상 기뻐하라!
범사에 감사하라!
쉬지 말고 기도하라!

나의 사명

나에게 주어진 사명은 무엇인가.
주변을 살펴보자.

무엇이 보이는가.
그들과 연관성은 무엇인가.

나는 어떤 존재인가.
무엇 때문에 이 자리에 있는가.

누가 나를 이곳에 두었나.
나 때문이 아닌 힘과
나 때문인 힘이 합하여
내가 이곳에 있구나.

받아들이자
그리고 감사하자.

이제야 조금 보이는구나.
나의 존재의 이유가
나의 사명인 것을.

너무 욕심내지도 말고
소홀하지도 말자.
누구에게나 주어진 것은
어차피 작은 분량뿐이라네.

− 시인 김순철

제4장

살아가면서
깨닫게 되는 지혜들

처세술과 지혜는
다르지 않을까

세상을 살아가다 보면 유난히 상황에 맞게 잘 처신을 하는 사람들을 볼 수가 있습니다. 부럽기도 하고 한편으로는 좀 얄미운 생각이 들 때도 있습니다.

예컨대, 분명히 무슨 말을 해야 할 지위나 상황임에도 불구하고 묵묵히 듣고만 있습니다. 놀라울 정도로 대단한 인내력을 발휘합니다. 말을 하면 상대방에게 좋지 않은 인상을 남길 수도 있음을 알기 때문입니다.

이러한 행동들은 단순한 처세술에 불과한 경우도 있고, 경우에 따라서는 그 사람의 인격 등에 바탕을 둔 지혜에 해당하는 경우도 있습니다.

처세술은 말 그대로 세상에 적응하고 살아남기 위한 일종의 테크닉에 해당합니다. 그만큼 실용적이고 유용성도 있기 때문에 서점에서도 이런 유형의 책이 항상 넘쳐 나고 있습니다. 이에 대한 수요가 많다는 것입니다.

반면, 지혜는 사물의 이치나 신의 속성과 관련된 개념입니다. 진정한 가치와도 밀접한 관련이 있어 보입니다.

　지혜로운 행동이 경우에 따라서는 훌륭한 처세술이 되는 경우도 있지만, 처세술과 지혜는 지향점이 다르다고 생각합니다.

　굳이 표현하자면, 처세술은 입신양명과 부귀영화를 추구하는 사람들의 몫이고, 지혜는 보다 가치 있는 삶을 살고자 하는 사람들의 몫입니다.

　처세술은 현실과의 철저한 타협을 바탕으로 하고 있습니다. 현실이 더러우면 자신도 거기에 걸맞게 맞추는 식입니다.

　우리는 처세의 기교를 지혜로 착각을 하는 경우가 많습니다. 여기에는 상당한 '고의성'이 내포되어 있기도 합니다. 그렇게 생각하는 것이 마음이 편하기 때문입니다.

　한 사회의 구성원들이 처세술에만 능란하다면, 그 사회는 희망이 전혀 없을 것입니다. 아무리 올바른 일이라도 정을 맞을 수 있는 소위 튀는 말과 행동을 하지 않을 것이기 때문입니다. 사회 발전이나 정의가 바로 서기 어려울 것입니다.

　우리 스스로 가끔 자문해 볼 필요가 있다고 생각합니다. 자신이 처세에만 능한 사람인지 지혜를 얻기 위해 노력하고 있는 사람인지 말입니다.

그래야 우리가 올바른 방향으로 자신의 삶의 궤도를 수정할 수 있고, 우리가 속한 사회도 살 만한 세상이 될 수 있을 것입니다.

"이 또한 지나가리라."라는
말이 주는 의미와 지혜

"이 또한 지나가리라."라는 말은 솔로몬이 늘 보고 지혜를 얻기 위해 자신의 반지에 새긴 글귀입니다. 다윗왕의 아들로서 솔로몬은 가장 지혜로운 사람으로 성경에 묘사되어 있는 실존 인물입니다.

아버지인 다윗왕은 왕이 될 때까지, 또 왕이 되어서도 계속된 어려움을 많이 겪었습니다. 반면, 아들인 솔로몬은 태평성대와 온갖 호사를 누렸고 어려움은 거의 겪지 않았습니다.

참고로, 다윗과 솔로몬은 성경에도 상당히 대단한 인물들로 기술되어 있습니다. 그러나, 다윗은 밧세바라는 부하 장수의 부인을 취하기 위해 그녀의 남편을 죽이는 살인죄를 지은 사람입니다. 솔로몬도 수많은 후궁을 두고 타락한 생활을 한 흔적이 많이 있습니다. 그만큼 완벽한 사람은 있을 수 없다는 의미이기도 합니다.

아무튼, "이 또한 지나가리라."라는 글귀는 어려움에 처한 사람들을 위로하고 격려하기 위해 많이 인용됩니다. 조금만 '인내'하면 된다는 것입니다. 적절한 인용입니다.

그런데, 솔로몬은 어려움이 거의 없었던 사람입니다. 솔로몬의 입장에서는 자신의 당시 온갖 호사도 지나간다는 것을 잊지 않기 위해 새긴 글귀입니다.

당장 보이는 호사로움에 취해, 정말 중요한 것을 잊어버리는 것을 두려워하였던 것입니다. 이렇게까지 조심하였음에도 불구하고, 죽음을 앞둔 말년에 탄식을 합니다. 온갖 호사를 누렸으나 모든 것이 허사였다는 것입니다.

"이 또한 지나가리라."라는 의미는 어려움에 처한 사람뿐만 아니라 소위 잘나가는 사람에게 더 잘 적용됩니다.

궁극적 의미는 우리의 인생 자체가 안개와 같아 바람 한번 불면 사라진다는 것이고, 그 과정에서 사람들마다 조금씩 다른 모양으로 살아가는 것은 그야말로 별로 큰 의미도 없고 중요하지도 않다는 것입니다.

어떤 사람은 왕의 모습으로, 어떤 사람은 거지의 모습으로 살아가지만, 시간이 조금 지난 후에 생각해 보면 둘 다 '도토리 키 재기'입니다.

여수 나병자촌에서 그토록 헌신하시고 사랑을 보여 준 손양원 목사님은 사랑하는 두 아들이 공산당원 친구들에 의해 살해당하는 인간으로서는 차마 감당하기 어려운 고통을 당하였습니다.

그럼에도 불구하고, 두 아들 장례식에서 9가지 이유를 들어 수많은 사람 앞에서 감사 기도를 드리고 그것도 모자라 두 아들을 죽인 공산당 청년 양재선을 양아들로 삼습니다.

이렇게까지 하신 분인데, 본인도 결국 나병 환자를 지키다 6.25 때 총살을 당하고 맙니다.

이 일을 인간의 시각으로 보면 이해할 수가 없습니다. 착한 사람이 더 많은 고통을 받고, 나~쁜 놈들이 더 잘나가는 것은 주변에서 흔히 볼 수 있는 일이기 때문입니다. 착하게 사는 것이 바보처럼 보이기까지 합니다.

그런데, 어려움이 '축복의 통로'가 되고, 잘되는 것이 교만으로 인해 '멸망의 통로'가 된다면 또 말이 달라질 수 있습니다. 물론, 여기서 축복과 멸망은 세속적인 의미는 아닙니다.

역설적이게도 하나님은 사랑하시는 자들에게 어려움을 더 많이 주시는 것 같기도 합니다.

예수님은 당시에도 그렇지만 상상하기도 어려운, 가장 고통스러운 십자가형을 받으셨습니다. 열두 명의 제자 중 수제자에 속하는 베드로는 거꾸로 십자가형을 당하였고, 나머지 제자들 대부분도 가죽이 벗겨지는 등 매우 처참한 죽임을 당하였습니다.

예수님이 선택하시고 그토록 사랑하는 제자들입니다. 기독교적 시각에서는 예수님은 삼위일체 하나님이십니다.

솔직함이 가장 좋은 방법인가

우리가 살다 보면 자기 자신에게도 솔직하지 못한 경우가 많습니다. 더욱이 다른 사람에게는 왠지 자신을 다 보여 주기가 무척 어렵습니다.

어느 광고에서처럼 여자들만 감추고 싶은 것이 있는 것이 아닙니다. 남자들도 감추고 싶은 것이 많이 있습니다. 감추고 싶은 것은 성별을 구분하지 않습니다.

사실 딱히 내세울 것도 없는 처지에서는 더욱 그렇습니다. 괜스레 모양새만 빠지고 초라해지는 느낌입니다.

특히 자신의 약점들은 드러내기가 여간 쉽지 않습니다.
솔직하다는 것이 어리석음으로 비추어지기도 합니다.
실제로 속마음을 드러내지 않는 것이 훨씬 유리하다고 생각될 때도 많습니다.

그러면서도 상대방은 솔직하기를 원합니다. 또 그런 사람이 좋습니다.
솔직함이 희소한 가치이기도 합니다.

시대와 장소를 막론하고 솔직함과 진실성은 어디에서나 환영을 받는 요소입니다. 그 자체로 가치가 있기 때문입니다.

이심전심이라는 말이 있습니다. 누군가와 어느 정도 교류를 하다 보면 그 사람 마음속 깊은 곳까지는 도달하지는 못하지만 우리의 감각적 능력으로 그 사람이 나에게 솔직한 사람인지 진실한 사람인지 대충 감이 잡힙니다. 아니 감을 잡으려고 노력합니다.

인간관계에서도 솔직함이 가끔은 정말 좋은 결과를 가져오기도 합니다. 물론 감추고 싶은 부분이 없는 사람은 없을 것입니다. 하지만 매우 솔직한 사람이라고 하더라도 모든 것을 다 드러내는 경우도 없습니다.

그러나, 가급적 솔직해야겠다는 생각은 듭니다. 나의 장점도 약점도 다 나의 것이기 때문입니다.

나 자신이 솔직할 때 가장 좋은 점은 상대방도 마음을 열게 된다는 것입니다. 서로를 감추다 보면, 서로 숨바꼭질을 하는 형국이 되어 오랜 시간을 만났지만 도통 그 사람의 처지나 마음을 알 수 없는 경우도 많습니다. 그냥 곁만 도는 만남이 지속되고 별로 의미 없는 만남입니다. 어떤 의미 있고 진지한 대화가 불가능합니다.

그렇다고 불필요한 내용까지 다 까발릴 필요는 없을 듯합니다. 서로에게 어떤 도움도 되지 않기 때문입니다.

가급적이면 솔직해지자고 마음을 먹더라도, 어느 정도까지 솔직할 것인지는 항상 고민이 되는 것은 사실입니다.

그러나, 나이가 들어 가면서는 더 솔직해지려고 합니다. 그것이 나 자신이기 때문이기도 하지만, 사람 사는 것이 비슷비슷하다는 생각이 더 많이 들기 때문입니다.

어렸을 때는 그토록 부끄럽고 감추고 싶었던 것들도 요즘은 그냥 나는 이렇게 살아왔고 살고 있다고 얘기하게 되는 경우가 많아졌습니다. 생각해 보면 나이가 들어 가면서 확실히 얼굴이 두꺼워지기는 합니다.

그리고, 이렇게 솔직하게 표현하는 것이 마음이 편하기도 하고 자기에게 주어진 길을 받아들이는 효과적인 방법인 듯도 합니다.

자꾸 무언가를 감추려고 하다 보면 스텝이 꼬입니다. 그리고 결국은 상대방도 알게 되는 경우도 많고 이런 경우에는 별 잘못도 없는데 잘못을 들킨 기분도 들게 됩니다.

그러나, 더 솔직해지고는 있지만, 솔직해진다는 것이 말처럼 쉬운 일은 물론 아닙니다. 습관의 문제입니다. 그러나, 습관은 의식적 노력과 반복으로 바뀔 수 있습니다.

중요한 것은 나 자신이 상대방이 솔직하기를 바란다는 것이고 상대방도 마찬가지라는 것입니다.

선물은 친구를 만든다

십수 년 전의 일입니다. 상당히 큰 중견 기업 회장님의 한 사석에서의 말씀입니다. 거래 관계에 있는 재벌 대기업 회장님의 마음을 얻고 친해지고 싶었다고 합니다.

그래서, 여러 고민을 하다가 그분의 연로하신 아버님이 건강이 좀 안 좋으시다는 사실을 알고 구하기 힘든 건강에 좋은 것을 구해 수차례 선물을 하였다고 합니다. 그 이후 그 대기업 회장님의 마음을 얻게 되고 거래 관계는 물론이거니와 개인적으로도 매우 허물없는 관계가 되었다는 것입니다.

살다 보면, 누군가와 친구가 되고 싶은 경우가 있을 것입니다. 친구가 되고 싶은 이유는 여러 가지일 수 있습니다.

어떤 이유에서건 성의 있는 선물은 상대방의 마음을 얻는 가장 효과적인 방법 중 하나라는 것만은 분명해 보입니다.

저의 경우 좀 더 다른 케이스가 있습니다. 저는 누군가에게 부탁을 하면 그에 대한 보답을 작은 선물이라도 해야 한다고 생각하고 이를 실천하려고 노력했습니다.

어머니가 수년 전 다리 골절이 있어 입원을 하셨습니다. 연로하신 나이이고 골절 부위가 상당히 위험한 부위라 걱정이 많이 되어서 수소문하여 해당 병원의 원장님을 소개받았습니다.

그리고, 수술과 수술 후 물리 치료를 잘 좀 해 주실 것을 부탁드렸습니다. 기대 이상의 결과였습니다. 그 원장님과 소개해 주신 분께 나름대로 성의 있는 선물을 하였고 한 번에 그치지 않고 명절 때는 그 이후로 수년간 하였습니다. 감사한 마음에서였습니다.

그런데, 수년 후에 제 딸과 관련하여 또 부탁할 일이 생겼습니다. 만약 부탁을 하지 않고 저 스스로 해결했다면 제 딸의 생명까지도 위험한 상황이었습니다. 그때도 큰 도움을 받을 수 있었습니다.

만약 어머니 수술 때 부탁만 하고 지나쳤다면 두 번째 부탁은 하기 어려웠을 것입니다.

이것이 단순한 처세의 방법인지 아니면 지혜에 속하는 것인지는 쉽게 구분할 수 없을 것입니다. 케이스마다 다를 수도 있습니다.

다만, 성경 잠언에도 "선물은 친구를 만든다."라고 기록되어 있습니다. 성경이 단순한 처세에 관한 책이 아니고 지혜에 관한 것이라는 점을 감안하면, 처세의 일환이라고 평가 절하를 할 것도 아닌 것 같습니다.

아무튼, 저는 이 말을 경험으로 느꼈고 잘 기억하려고 하고 있습니다. 제 자녀들에게도 이 말은 기회가 있을 때마다 하고 있습니다.

함부로 인연을 맺지 마라

현대인에게 사람들을 많이 아는 것은 하나의 자산으로 인식되기도 합니다.

거래 관계 등에서 여러 가지 유리한 점이 많기 때문입니다.

따라서, 많은 사람과 인연을 맺으려고 합니다. 특히나, 자신에게 도움을 줄 수 있는 위치에 있는 사람과는 더욱 그런 경향을 갖게 만듭니다.

그러나, 많은 사람과 복잡한 인연을 맺고 이를 유지해 나가는 것은 보통 힘든 일이 아닙니다. 많은 시간과 노력이 필요합니다. 상대방을 서운하지 않도록 한다는 것이 그리 쉽지 않기 때문입니다.

저는 법정 스님의 글과 삶을 참 좋아합니다. '인연'과 관련한 법정 스님의 말씀을 인용해 봅니다. 많은 시사점이 있다고 생각합니다.

"진정한 인연과 스쳐 가는 인연은
구분해서 인연을 맺어야 한다.
진정한 인연이라면 최선을 다해서 좋은 인연을 맺도록 노력하고
스쳐 가는 인연이라면 무심코 지나쳐 버려야 한다.

그것을 구분하지 못하고 만나는 모든 사람과
헤프게 인연을 맺어 놓으면 쓸 만한 인연을 만나지 못하는 대신에
어설픈 인연만 만나게 되어
그들에 의해 삶이 침해되는 고통을 받아야 한다.

인연을 맺음에 너무 헤퍼서는 안 된다.
옷깃을 한 번 스친 사람들까지 인연을
맺으려고 하는 것은 불필요하고 소모적인 일이다.

수많은 사람과 접촉하고 살아가고 있는 우리지만, 진정한 인연은 몇
몇 사람에 불과하고, 그들만이라도 진실한 인연을 맺어 놓으면
좋은 삶을 마련하는 데는 부족함이 없다."

정말 공감이 가는 내용입니다. 살면서 많은 사람과 알게 되지만 마
음이 통하는 사람은 그리 많지 않습니다. 그리고, 그것으로도 어찌 보
면 충분할지도 모릅니다.

감탄고토란 말이 있습니다. 달면 삼키고 쓰면 뱉는다는 것으로 주로
인간관계에서 인용됩니다. 세월이 지나면서 이런 경우를 꽤 목격하게
됩니다.

잘나갈 때는 사람들이 모여들다 막상 어려움이 닥치면 썰물처럼 빠
져나갑니다.

이런 일을 겪게 되면, 배신감도 느껴지겠지만 서글픔과 인생의 허무

함 등으로 상처를 받게 됩니다.

스치는 인연을 진실한 인연으로 착각했을 때 경험하게 되는 씁쓸한 기분입니다.

법정 스님의 말씀에 따르면, 다른 사람을 탓하기보다는 자기 자신의 어리석음을 돌아보아야 할 일일지도 모릅니다.

사람은 혼자 살기 어렵습니다. 누군가와 교류를 하여야 합니다. 그중에서 순수한 '의미 있는 사귐'은 범위가 매우 제한적일 수밖에 없습니다.

사귐에 있어서도 간혹 욕심을 부리고 집착하는 경우가 있습니다. 그리고는 소중한 시간과 에너지를 허비하게 됩니다.

불교는 인연을 많이 강조합니다. 불교 교리의 중심도 이에 기반하고 있습니다.

그럼에도 불구하고 법정 스님은 함부로 인연을 맺지 말라고 말씀하십니다. 깊은 성찰의 결과라고 생각합니다.

우리나라 사람들은 유난히 저녁 약속을 많이 합니다. 혼자 있는 시간이나 가족과의 시간이 더 중요함에도 이를 견디지 못하는 잘못된 인식까지 팽배합니다.

범위를 넓히기보다는 깊이 있는 만남이 훨씬 의미가 있다는 법정 스님의 말씀에 깊은 공감이 갑니다.

힘들어 죽겠다는 말과 생각

우리는 인사말로 또는 정말 궁금해서 서로 안부를 묻곤 합니다.

어떤 사람은 답을 안 들어도 알 수가 있습니다. 입에 "힘들어 죽겠어."라는 말을 달고 다니는 사람입니다.

제가 보기에는 나름 잘 살고 있는데 대답은 항상 비슷합니다. 평생을 힘든 일 혼자 다 하고 어려운 일 다 하는 것 같습니다. 상황과 무관한 습관적인 말입니다.

그렇게 말해도 아무도 도와주지 않습니다. 오히려 사람들이 여러 이유로 피하고 싶어 합니다. 그렇다고 다른 사람들이 그 사람에게 무엇을 달라고 한 적도 없습니다. 괜히 본인만 모양 사나워지고 아무 유익이 없습니다.

각 사람들의 생각과 말은 영향력과 기운 같은 것이 있는 듯합니다. 부정적인 생각과 말을 하는 사람을 만나면 기분이 다운되고 맙니다. 이와 같이 부정적인 영향을 받게 됩니다.

그런데, 정말 중요한 것은 본인에게 미치는 영향입니다. 부정적 기운 같은 것을 몰고 옵니다. 힘들다고 생각하고 말하면 매사가 힘이 안 들 수가 없습니다. 아무리 좋은 상황이 되어도 마찬가지일 것입니다.

반대 방향으로도 비슷할 것입니다.
"좋다. 잘될 거다."라고 생각하고 말을 자주 하다 보면 그렇지 않은 경우보다는 훨씬 좋은 삶을 살아갈 수 있을 것입니다.

작은 습관과 생각의 차이입니다.
그러나, 누적과 축적의 효과는 매우 크게 작용할 것입니다.

보통 마음에 있는 것이 말로 나오지만, 자꾸 말을 하다 보면 그 말이 마음에 영향을 미치는 것을 느낄 수가 있습니다.

살아가면서 이왕이면 긍정적 시각으로 살아갈 필요가 있고, 조금씩만 자기 자신의 말과 생각을 주의하면 될 듯합니다.

너무 잘하려고 하지 말자

모든 운동 경기에 공통점이 하나 있다고 합니다. 힘을 빼야 한다는 것입니다.

골프 레슨을 6개월 정도 받은 적이 있습니다. 코치에게 가장 많이 듣는 말 중 하나가 힘을 빼라는 것입니다.

힘이 들어가는 이유는 자기 분량 이상으로 잘하려고 하기 때문입니다.

뭔가를 보여 주고 말겠다는 마음으로 너무 잘하려고 하면, 자꾸 힘이 들어가고 긴장을 하게 됩니다. 그 정도가 심해지면 경련이 납니다.

뭐든 자연스러운 것이 보기에도 좋고 실제 좋은 결과로도 연결되는 것 같습니다.

부족하면 부족한 대로 보여 주면서, 한꺼번에 성질 급하지 않게 천천히 노력하다 보면 본인도 모르게 많이 좋아질 것입니다.

어떤 일을 할 때 어느 정도의 욕심과 의욕이 필요합니다. 그런데, 이것이 적정한 수준을 넘어서게 되고 의욕이 너무 앞서면 오히려 일을 망치게 합니다.

힘 조절, 의욕 조절이 필요해 보입니다.

중용이라는 말도 있습니다. 부족함도 없고 넘치지도 않는 상태입니다.

그런데, 이런 일들이 말만큼 쉬운 것은 아닙니다. 적정 수준을 알기 어려울 뿐만 아니라, 설령 적정 수준을 알아내도 그대로 하는 것은 또 다른 문제이기 때문입니다.

세상일도 마찬가지입니다. 아무리 좋은 일이더라도 너무 잘하려고 하면 심각한 문제가 발생할 가능성이 큽니다.

제 경우도 좋은 취지로 어떤 일을 매우 의욕적으로 하다가 같이 하는 사람들이 그만큼 하지 못하는 등 이유가 생기면 괜스레 화딱지가 나는 경우가 많습니다.

저 혼자서 북 치고 장구 치는 격입니다. 잘하라고 아무도 말하지 안 했음에도, 저 혼자 엄청 잘하겠다고 시작하더니 조금 있다 씩씩거리 며 화를 또 혼자 내는 것입니다.

그러나, 힘 조절, 의욕 조절을 하려고 해도 손과 발이 말을 잘 안 듣 는 경우도 많습니다.

주는 것과 받는 것

사람들은 듣기 좋은 말로 "받는 것보다는 주는 것이 좋다."라고 합니다. 그 자체로 의미 있는 말입니다. 받으려고 하기보다는 주려고 하는 자세가 중요하기 때문입니다.

미국 최연소 대통령으로 당선되었던 존 F. 케네디의 취임 연설문 중 일부입니다.

"존경하는 국민 여러분! 국가가 여러분에게 무엇을 해 줄 것인가 묻지 말고, 여러분이 국가를 위해 무엇을 할 수 있는가를 물어보십시오.

존경하는 세계 시민 여러분, 미국이 여러분에게 무엇을 해 줄 것인가 묻지 말고, 인간의 자유를 위해 무엇을 함께 할 수 있는가를 물어보십시오.

오두막과 촌락에 살며, 대규모 빈곤의 굴레에서 벗어나기 위해 노력하는 지구의 절반을 차지하는 사람들에게, 우리는 어떠한 기간이 걸리더라도 그들이 자립할 수 있도록 최선의 노력을 다해 도울 것을 맹세합니다. 공산주의자들이 도울까 봐서가 아니며, 그들의 표가 필요해서

가 아니며, 그것이 옳기 때문입니다. 만약 자유로운 사회가 가난한 다수를 도울 수 없다면, 그 사회는 부유한 소수를 지킬 수 없습니다."

그러나, 도저히 주기 어려운 상황에 있는 사람들도 많이 있습니다. 이들은 현재 단지 도움이 필요할 뿐입니다.

도움을 받는다는 사실이 부끄러운 일은 아닙니다. 우리는 알게 모르게 다른 사람으로부터 도움을 받지 않을 수가 없습니다. 차원을 좀 달리하면, 우리 인간은 하나님의 도움이 없으면 존재할 수도 살아갈 수도 없습니다. 또한, 우리가 갖고 있다고 하는 모든 것이 하나님께 받은 것이기도 합니다.

그러나, 다른 사람으로부터 도움을 받을 기회가 생겼다면 진심으로 감사하는 마음과 도움을 준 사람에게 또는 도움을 필요로 하는 사람에게 반드시 돌려주려는 마음은 가져야 할 듯합니다.

어느 목사님의 설교 내용 중 일부입니다. 교회에서 어려운 학생들에게 장학금을 주거나 어려운 이웃을 도와주는 경우, 고맙다는 말 한마디 안 하는 사람도 있고 다른 사람을 돕기 위해 중단하면 화를 내는 경우도 많다고 합니다.

이런 경우 돕고 싶은 의욕이 떨어진다고 합니다. 형편상 받을 수밖에 없는 것을 부끄러워할 필요는 없지만, 받는 것이 권리가 될 수도 없습니다.

한편, 무언가를 다른 사람에게 줄 수 있고 나눌 수 있는 처지에 있는 사람은 축복이고 감사할 일입니다.

그러나, 마냥 좋아할 일만은 또한 아닙니다. 하나님은 많이 받은 자에게는 더 많은 것을 요구하신다고 성경에 기록되어 있습니다. 그만큼 의무도 크다는 것입니다.

성경에는 한 부자와 거지 나사로 얘기가 나옵니다. 한 부자가 지옥에 떨어졌습니다. 지옥은 성경에 불로 표현되어 있습니다. 물 한 방울이 절실하지만 얻을 방법이 없습니다. 영원한 고통 그 자체입니다.

부자가 물었습니다. "제 죄가 무엇인가요?" 천사가 대답했습니다. "네 대문 앞에 있는 거지 나사로가 개와 함께 음식을 주워 먹으면서 살고 있는 것을 외면한 죄다."라고 했습니다. 베풀 능력이 있으면서도 어려운 이웃에 대한 무관심과 외면이 커다란 죄가 된다는 것입니다.

한편, 다른 사람을 도울 때는 "왼손이 하는 것을 오른손이 모르게 하라."라고도 기록되어 있습니다. 그러나, 이는 꼭 몰래 숨어서 해야 한다는 의미는 아닐 것입니다.

'선한 영향력'이라는 말이 있습니다. 좋은 일도 여러 사람이 힘을 합하여서 하면 훨씬 큰일을 할 수 있습니다. 서로 알릴 필요도 있습니다. 그래야 선한 영향력이 사회에 전파될 수 있을 것입니다. 솔직하고 진실된 자세가 우선인 듯합니다.

주기 위해서는 받는 손이 필요합니다. 모두가 받지 않으려고 하면 줄 방법도 없습니다. 따라서, 주는 것도 필요하고 받는 것도 필요합니다. 서로 의존하고 의지하면서 살아갈 수밖에 없습니다.

받는 것보다는 주는 손이 더 아름다운 것도 사실입니다. 그러나, 받는 사람이나 주는 사람 모두 감사하는 마음을 갖는 것이 필요합니다.

도움을 줄 수 있는 여력이 있어 감사하고, 도움을 받을 수 있어 서로 돕는 것은 모두에게 감사한 일입니다.

몰랐다는 변명이 주는 의미

우리는 가끔 분명 눈을 뜨고 있어도 바로 눈앞에 있는 것을 못 보고 지나치는 경우가 있습니다. 대표적인 것이 딴생각을 하는 경우입니다.

마찬가지로 회의 중이나 대화 중에도 물리적으로는 분명 상대방의 말소리가 자신의 귀에 닿고 있는데도 전혀 들리지 않는 경우도 종종 있습니다.

굳이 표현하면, 가끔 눈 뜬 봉사가 되고 귀머거리가 되는 것입니다.

아는 만큼 보이고 들린다고 합니다. 그리고, 생각하는 만큼 관심이 있는 만큼만 보이고 들리기도 합니다.

우리는 여러 사람과 관계를 형성하고 살아갈 수밖에 없습니다. 누구도 소위 독불장군으로 살아갈 수는 없습니다. 인간관계마다 똑같은 관계는 아니고 친소의 정도는 각각 다릅니다.

주변에서 어려움에 처한 사람들이 언제나 많이 있습니다. 이는 객관적인 팩트입니다. 어떤 사람에게는 관심이 많이 가고 어떤 사람에게는 관심이 거의 가지 않기도 합니다.

따라서, 다른 사람의 어려움을 지나쳤다는 것은 관심이 없었다는 다른 표현에 불과합니다.

자기중심적인 사람들은 항상 자신만 힘들고 어렵다고 생각합니다. 다른 사람의 어려움은 관심이 거의 없습니다. 호소를 하면서 도움을 요청해도 괜한 엄살로 치부해 버리거나 나도 어렵고 힘든데 어쩌라고 식의 반응을 보일 뿐입니다. 참고로, 제 경험으로는 이런 사람일수록 본인들이 필요하면 다른 사람에게 부탁은 더 합니다. 안 들어주거나 미흡하면 화까지 냅니다.

시간이 한참 지난 뒤에 만나 나중에야 그 사람의 어려움을 아는 경우도 있습니다.

그런데, 먼 사람에게만 그렇게 하는 것이 아닌 경우도 많습니다. 심지어 매우 가까이에 있는 가족인 경우도 있습니다.

가까운 사람의 어려움을 모르다가 그 어려움이 다 지나간 이후에 알게 되면 이처럼 난감한 일도 없습니다. 대부분의 변명은 몰랐다는 것입니다.

몰랐다는 변명이 통할 때도 있지만 매우 궁색하기 그지없고 차라리 변명을 하지 않는 것이 나을 때도 많습니다.

살다 보면 궁색한 변명도 할 수밖에 없을 때도 있습니다. 그러나, 이것이 습관화되거나 자신의 무관심을 합리화하는 도구로 악용해서는 곤란하지 않을까 생각합니다.

차라리 변명보다는 내가 너에게 무관심했다는 솔직한 사과가 필요하고, 또한 그런 마음을 가질 때 이후 좀 더 따뜻한 관심을 갖게 될 것입니다.

몰랐다는 변명은 주로 개인적 차원에서 적용될 것이지만, 국가나 사회에게도 그대로 적용되기도 합니다.

소외되고 어려운 계층에 대해 소홀해지고 나서 나중에 무슨 큰일이 일어나면 변명하기에 바쁜 경우가 많습니다. 곱씹어 생각해 볼 문제입니다.

육체노동과
정신노동의 조화

저는 시골에서 중학교까지 다녔습니다. 당시 제가 사는 시골에서는 초등학교에 다닐 무렵부터는 농사일을 돕기도 하고, 산에서 나무를 해 오기도 합니다. 농촌에서는 나이에 크게 관계없이 모두가 일손인 것입니다.

심지어 학교에서도 봄, 가을 농번기에는 중학생은 일주일 정도씩 수업은 전혀 하지 않고 고스란히 모내기, 벼 베기에 동원됩니다. 그때는 그랬습니다. 여기에 대해 학부모들이 항의하는 경우는 단 한 번도 없었습니다.

부모님들도 학교는 보내지만 공부하라고 말은 거의 하지 않았습니다. 공부하는 것보다 일하는 것을 더 좋아하는 사람들도 있을 정도입니다.

그리고 학교 수업을 듣는 외에 집에서 공부하는 경우는 거의 없습니다. 저도 마찬가지입니다. 시골에서 중학교를 졸업할 때까지 시험공부를 따로 해 본 기억이 거의 없습니다. 수업 시간에 얼마나 집중하느냐가 등수를 가르는 정도입니다.

고등학교 1학년 말경에 서울로 전학을 왔습니다. 난생처음 영등포 시립도서관에 갔습니다. 초등학생들이 도서관에 있습니다. 정말 신기하고 충격적인 일이었습니다.

당장 속으로 '저 녀석들 어차피 공부도 안 할 거면서 도서관은 왜 왔지?' 하는 의문이 들었습니다. 당시 제 생각에 초등학생들은 공부할 나이가 아직 아니라고 생각했기 때문입니다.

저는 시골 출신이라 그런지 육체노동에 대한 반감이 없을 뿐만 아니라 '적당한' 육체노동이 정신 건강을 위해서라도 꼭 필요하다는 생각입니다.

가만히 보면, 주변에서 육체노동을 거의 하지 않는 사람들은 우울증과 수면 장애로 고통을 받는 경우가 많습니다.

육체노동은 많은 유익이 있습니다. 특히, 정신노동을 주로 하는 사람에게는 육체노동이 부족한 것을 채워 주고 삶의 균형을 유지시키는 의미에서 그 자체가 '힐링이자 치유'가 됩니다.

헬스장에서 운동을 하거나 골프를 하는 등 육체적인 운동과는 논리적으로 설명하기는 어렵지만 많이 다릅니다.

식물을 키우는 등 텃밭을 가꾸다 보면 식물들이 예뻐 보이고 정이

가고, 자라나는 과정을 지켜보는 것이 매번 신기합니다. 애완동물을 키우는 것과 식물을 키우는 것은 많은 공통점이 있습니다.

우울증이나 불면증이 있으신 분들에게는 '주말농장이나 텃밭 가꾸기'를 권유하고 싶습니다.

비판받을 용기와
비판할 용기

비판받을 용기가 없는 사람은 다른 사람을 비판할 용기가 없는 사람이라고 말하기도 하거나 비판할 자격이 없는 사람이라고도 합니다. 충분히 일리가 있는 말입니다.

우리는 자신의 의견이나 행동에 대해 비판받는 일이 익숙하지 않습니다.

자신의 인격 자체와 결부시키고 매우 기분 나빠하거나 심지어 모욕적이라고도 생각하게 됩니다.

그러나, 이성적으로만 생각하면 모든 사람이 완벽할 수 없다는 점과 활발한 토론이 많은 유익을 가져다준다는 점을 생각하면, 자신의 의견이나 행동에 대해 비판을 받는 것은 당연하고 오히려 감사하게 생각해야 할 일입니다.

그런데, 막상 나 자신이 비판을 받게 되면 감정이 그렇게 작동하지 않습니다. 특히나 단둘이 아닌 여러 사람이 있는 곳에서 비판을 받는 것은 도무지 참기가 힘들 정도입니다.

특히, 참기 어려운 것은 다른 사람의 비판을 들으면서 잘 알지도 못하면서 비판한다는 생각이 들 때입니다.

우리나라 사람들은 칭찬에도 매우 인색하지만 객관적인 비판에 대해서도 편향성이 많이 있음을 느낄 때가 있습니다.

열린 마음과 열린 사회가 되어야 정화 기능이 작동할 수 있을 것입니다. 다양한 가능성을 열어 두고 내면의 소리와 여러 사람의 의견이 자유롭게 개진될 수 있는 여건이 마련되어야 할 것입니다.

모르는 것을 두려워하지 말고,
잘못 알고 있는 것을 두려워하라

"모르는 것을 두려워하지 말고, 잘못 알고 있는 것을 두려워하라."
독일의 정치가이자 시인이며 독일 문학을 세계적 수준으로 끌어올린
천재적 작가인 괴테의 말입니다.

괴테는 60년에 걸쳐 완성한 『파우스트』로도 잘 알려져 있습니다.
괴테의 작품 『파우스트』는 진리를 찾기 위해 고뇌하는 인간상이 잘
묘사되어 있어 괴테 자신의 진리에 대한 갈구를 잘 보여 주고 있다고
합니다.

우리 인간이 과학 기술 등의 발달로 많은 것을 알고 있다고 생각할
수도 있지만 실제 우리가 알 수 있는 것은 극히 제한적입니다. 그러니
모르는 것이 많은 것은 어쩔 수 없는 일이기도 합니다.

이런 상황에서, 무엇인가를 잘못 알고 있으면서 이를 옳다고 확신하
게 되면 많은 문제를 야기하게 됩니다. 우선 잘못된 편견을 갖게 되고
사실을 왜곡하게 되고 오해와 분쟁을 초래합니다.

역사적으로 보면 가장 대표적인 사례가 독일 나치의 유대인 학살입니다. 히틀러라는 한 사람의 편견과 오해와 왜곡이 얼마나 끔찍한 일을 야기할 수 있는지를 너무나 잘 보여 주고 있습니다.

역사상 가장 넓은 영토를 정복한 칭기즈 칸의 경우도 비슷합니다. 어렸을 적의 배신의 경험과 복수심이 잘못된 정보와 상호 작용하여 정복욕으로 나타났다고 해석하는 사람들도 있습니다.

개인적이고 잘못된 지식도 문제가 있지만, 한 사회의 소위 상식이라고 하면서 당연한 것으로 받아들여지는 것들도 곰곰이 생각해 보면 당연한 것이 아닌 것들도 많이 있습니다.

그도 그럴 것이 상식이라는 것은 그 당시 그 사회에서 일반적으로 받아들여지는 생각들일 뿐입니다. 시기와 상황에 따라서는 달라질 수도 있습니다.

이와 같이 상식이나 이데올로기가 계속 변화해 왔다는 점 등을 감안하면 사실 당연한 것은 거의 없다고 보아도 무방하지 않나 생각합니다.

많은 것을 아는 것도 의미가 있지만 정확히 깊이 있게 아는 것이 더욱 의미가 커 보입니다.

이를 위해 필요한 것은 신중함과 사색이라고 생각합니다.

인생에 공짜는 없다

"심는 대로 거두리라."라는 말이 있습니다. 콩을 심으면 콩을 수확하게 됩니다. 팥을 심으면 팥을 수확하게 될 것입니다. 콩을 심으면서 팥을 수확하기를 기대할 수는 없습니다.

그리고, 대체적으로는 열심히 가꾼 만큼 수확량도 거기에 비례할 것입니다. 잡초도 뽑아 주고 거름도 주고 물도 잘 주면 더 많은 결실을 이루는 식입니다.

이런 원리는 비단 식물에 국한되지 않습니다. 우리가 악의 씨앗을 많이 뿌리게 되면 사회가 점점 악하게 되고 그 대가를 본인이 고스란히 받게 될 것입니다. 반면에, 선한 씨앗을 많이 뿌리게 되면 사회도 점점 선하게 되고 자신도 그 혜택을 받게 될 것입니다.

조금 다른 측면도 있습니다. 누군가 사회적으로 성공한 친구를 만나면 흔히들 "야, 출세했으니 술 한잔 사라."라고 말하는 경우가 있습니다. 성공한 친구의 결과만 보고 하는 말입니다. 그 성공한 친구가 성공을 하기 위해서 얼마나 힘들고 피나는 노력과 땀을 흘렸는지에 대한 생각까지는 미치지 못합니다.

시골에서는 좋은 일을 많이 하면 그 좋은 평판이 자손의 3대까지 이어져 혜택을 본다고들 말합니다. 소위 조상 덕 또는 조상 탓입니다.

모 그룹 회장은 "여러분이 장학생으로 선발된 것은 치열한 노력의 결과이나, 사실은 사회로부터 기회를 얻은 것입니다."라며 "음수사원(飮水思源, 물을 마실 때 근원을 생각하다)이란 말이 있듯이 세상에서 받은 혜택에 감사함을 느끼는 리더로 성장해, 훗날 사회에 다시 돌려줄 수 있는 방법을 계속 상상해 주세요."라고 말했다는 기사를 보았습니다. 혜택을 받은 만큼 사회에 환원하는 자세를 강조하는 좋은 내용이라고 생각합니다.

우리는 심리적으로 공짜를 좋아합니다. 어른들도 조그마한 공짜를 받으면 무슨 횡재라도 한 듯이 기분이 좋아지기도 합니다.

제 경험으로는 인생에는 공짜가 정말 없습니다. 겉으로는 공짜 같지만 공짜가 아닌 경우도 많이 보게 됩니다. 인생에는 공짜가 없다는 점만 잘 명심하고 살아도 여러 가지를 판단할 때 상당한 도움이 될 것입니다.

상식을 뛰어넘는 호조건인 거래를 제안받았을 때 저는 그 거래를 하지 않을 것입니다. 그 거래는 분명 숨어 있는 함정이나 문제가 있을 것이기 때문입니다. 제 경험상 거의 100%라고 해도 과언이 아닙니다.

공짜를 좋아하게 되면 그만큼 낭패를 볼 가능성도 크다고 생각합니다.

또 전해 오는 한 전설에 의하면, 공짜를 좋아하면 탈모의 원인이 된다고도 하는데, 이것의 사실 여부는 입증된 바가 없습니다.

저는 인생에 공짜는 없다는 말을 굳게 믿고 있습니다. 대부분의 사람도 추상적으로는 공감할 것입니다.

그러나, 우리가 어떤 식물의 씨앗을 뿌리는 것처럼, 우리의 눈에 보이는 것들은 이 원리가 그대로 적용되는 것을 쉽게 '확인'할 수 있기 때문에 이 원리에 따라 대체로 행동도 합니다.

반면, 눈에 보이지 않는 것들은 매칭이 제대로 되지 않습니다. 좋은 일을 하고 돈이 그 자리에서 생긴다면 이 세상은 이미 지금보다 비교할 수 없이 좋은 세상이 되었을 것입니다. 그래서, 행동도 이 원리에 따라 하지 않는 경향이 강합니다.

우리가 볼 수 있는 한계가 있을 것입니다. 우선 물리적인 것조차 그렇습니다. 우주 또는 세상, 우리나라, 한 지방, 주변에서 끊임없이 변화하는 것들 중 우리가 직접 눈으로 볼 수 있는 것은 극히 일부입니다.

그런데, 눈에 보이지 않는 '사랑'과 같은 경우로 좀 차원을 높여 보면, 우리는 대부분 눈 뜬 봉사 수준이 되고 맙니다.

보고 듣는 것을 넘어 우리의 '세상 이치에 대한 이해 수준'이나 '진리에 관한 이해' 차원으로 넘어가면 또 말이 달라져 버립니다.

"인생에는 공짜는 없다."라는 말을 이쪽으로도 한 번 보고, 저쪽으로 다시 보고, 차원을 좀 높여서 생각해 보는 것은 매우 의미가 있을 것입니다.

삶을 최대한 단순화할 필요성

요즘 현대인들은 아침 일찍부터 잠자리에 들어가는 순간까지 하루 종일 정말 정신없이 지냅니다. 그리고 나서 막상 오늘 무슨 일들을 했는지 기억하려고 해도 기억조차 나지 않을 지경입니다.

여유라고는 찾아볼 수가 없습니다. 무엇을 위하여 그렇게 바쁜지 그 이유조차 생각할 겨를이 없습니다. 이렇게 생활을 지속하다가는 과부하에 걸려 온몸에 불이 나고 말 것입니다.

우리가 살고 있는 집 안에도 버려야 할 것들이 정말 많이 있습니다. 그러나, 혹시나 하는 미련 때문에 버리지 못합니다.

지금 하고 있는 복잡한 일들 중 불필요한 일들도 많이 있을 것입니다. 불필요하거나 그다지 중요하지 않은 일들은 과감히 줄일 필요가 있습니다.

데모크리토스라는 철학자는 "만족스럽고 평온한 삶을 살고자 한다면 하는 일이 적어야 한다."라고 했다고 합니다. 우리가 곰곰이 생각해 볼 일입니다.

우리가 말하고 행동하는 것 중에서 정말로 꼭 필요한 것은 무엇이고, 불필요한 것은 무엇인지 가끔 자문해 볼 필요가 있을 듯합니다.

우리가 집 안 청소를 하는 것처럼 불필요한 쓰레기들은 버릴 필요가 있습니다. 청소를 하다 보면 많은 부분이 불필요한 것입니다. 저는 버릴 것과 둘 것을 구분할 때 사용하는 기준이 '일 년 동안 사용하였는지 여부'입니다.

계절이 바뀌어도 일 년에 한 번도 사용하지 않는 것은 다음 해에도 똑같이 사용하지 않는 경우가 대부분입니다. 대표적인 것이 옷입니다.

일 년에 한 번도 쓰지 않은 불필요한 물건을 정리하고 나면 공간의 여유가 훨씬 커져 여유가 생깁니다. 복잡한 것들이 단순해집니다.

우리의 행동도 불필요한 것을 하지 않는다면 시간적인 여유가 많이 생길 것이며, 그만큼 신경 쓸 일도 줄어들게 될 것입니다.

우리는 일벌레가 되기 위해 태어난 것은 아니라고 생각합니다. 그럼에도 불구하고 스스로 일벌레가 되려고 노력하는 사람이 의외로 많습니다.

자신이 일벌레나 일 중독자인 것을 자랑스럽게 생각하는 사람도 꽤 있다고 생각합니다. 이것은 자랑할 일이 아니라 치료의 대상인 일종의 병일 수도 있습니다. 우리는 일 자체만을 소중하게 생각해서는 안 되기 때문입니다.

오히려 일이 없으면 불안해지기까지 하는 금단 현상 비슷한 증상까지 나타나는 사람들이 실제로는 의외로 많은 것을 봅니다.

저는 예산실이라는 곳에서 근무한 적이 있습니다. 일 년 내내 거의 휴일도 없이 야근입니다. 그것도 대부분이 12시 이후까지입니다. 밤 12시가 넘어도 대부분 대낮 같습니다. 제가 하루는 새벽 1시에 퇴근을 하려고 하는데 모두 자리를 지키고 있어서 슬금슬금 뒷문으로 나온 기억도 있습니다.

'어떻게 사람이 이렇게 살아갈 수 있을까.' 생각도 해 보았지만 모두 죽지도 않고 잘 버팁니다. 그래서, 저는 가끔 '사람은 무한한 잠재력이 있구나.' 하고 생각하기도 했습니다.

그러던 어느 날 예산실장이 특별히 한 말씀 하십니다. "야 이번 주 일요일은 사무실 안 나와도 되니 모두 집에서 하루 푹 쉬어."

그런데 말입니다. 그 일요일에 절반 이상이 출근을 하였다는 것입니다. 집에 있는 것이 너무나 이상하고 불편해서 모두 사무실에 나온 것입니다.

하루 쉬는 것조차 어색하고 불편한, 어찌 보면 요상한 사람들이 되어 버린 것입니다. 요즘은 사회 분위기도 그렇고 많이 개선되었다고 들었습니다.

긍정 마인드의 중요성

　우리가 주변을 보면 보통 낙관주의자들이 비관주의자들보다 소위 출세를 더 많이 하고 더 좋은 삶을 살아가는 것을 볼 수 있습니다.

　말과 생각을 부정적으로 하기보다는 긍정적으로 하는 것의 유익함을 강조할 필요가 없을 정도입니다.

　이와 관련하여서는 제가 쓴 『탈모, 알면 길이 보인다』에 좋은 사례가 있어 그대로 인용해 봅니다.

　"스트레스가 탈모의 작은 한 원인이 될 수 있음을 언급했다. 따라서, 긍정적 사고방식은 탈모뿐만 아니라 여러모로 도움이 될 수 있을 것이다.

　그러나, 여기서는 좀 더 다른 측면에서 긍정의 마인드를 생각해 보고자 한다.

　인간을 대상으로 어떤 탈모 치료 약이 효과가 있는지를 실험할 때, 진짜 치료 약을 투여하는 '실험 집단'과 가짜 약을 투여하는 '통제 집

단' 둘로 나누어 비교를 하게 된다.

　이때 사용하는 방법이 맹검법이라는 것이다. 진짜 약인지 가짜 약인지 구분을 하지 못하도록 하는 것이다.

　왜 이런 방법을 써야 하는지 의문이 들 것이다. 왜냐하면, 공개한다 한들 효과가 있는 것들은 효과를 낼 것이고, 가짜 약들은 효과가 없을 것이기 때문에 굳이 구분을 하지 못하도록 복잡한 절차를 만들 이유가 없을 것도 같기 때문이다.

　두 가지 이유이다. 첫째는 효과에 대한 평가가 설문법 등 주관적인 측면이 매우 강하기 때문이다. 가짜 약인 사실을 알려 준 상황에서 가짜 약을 투여한 사람에게 치료 후 질문을 했는데 효과가 좋았다고 대답하면, 완전 이상한 사람이 되는 길밖에 없다. 진짜 약을 투여한 사람도 비슷하다.

　또 다른 중요한 것은 약이 효과가 있을 것이라고 강하게 확신하는 사람에게는 설령 가짜 약을 투입한 경우에도 효과가 나타날 수 있다는 것이고, 부정적 두려움을 갖는 사람에게는 가짜 약을 투입하였음에도 진짜 약의 부작용인 간지러움 증상과 심장의 두근거림 현상이 나타난다는 것이다. 어떻게 이런 현상이 발생하는지는 알 수 없다.

　탈모 치료를 위해 자신이 어떤 치료제를 선택했으면, 이것이 반드시 효과가 있을 것이라고 생각하는 것이 필요하다. 그러기 위해서는 그 치료법에 대해서 확신과 믿음이 있어야 한다. 긍정의 마인드를 위해서라도 탈모에 대한 기초 지식이 필요한 것이다."

사람들을 만나다 보면 정말 잘 웃는 사람들이 있습니다. 그리고, 그런 웃는 모습이 그 사람이 웃지 않을 때조차 얼굴에 그대로 남아 있습니다.

웃음과 유머는 각박한 세상을 살아가는 데 윤활유가 되고 활력소가 되고 스트레스 해소제 등 그야말로 만병통치약 역할을 하는 듯합니다.

나이가 많으신 할머니가 그동안 들었던 말 중에서 "마지막에 웃는 사람이 정말 웃는 사람이다."라는 말을 믿고 살아오면서 아무리 웃기는 상황이 있어도 꾹 참고 살아왔다고 합니다.

그런데, 길을 가다가 다른 현수막이 붙어 있어서 억울해했다고 합니다.

"마지막에 웃는 놈이 좋은 인생인 줄 알았는데, 평소에 많이 웃는 놈의 인생이 훨씬 더 좋은 인생이다."

어떤 인생이 더 좋은 인생인가

우리는 보통 지위가 높고 돈도 많은 사람을 부러워합니다. 그럼에도 불구하고, 우리 모두는 가끔 어떤 인생이 좋은 인생인지 의문이 들 때가 있습니다.

첫 번째 사례는 앞서 언급한 알렉산더 대왕입니다. 20세부터 30세까지 엄청난 영토를 정복하고 이른 나이에 죽었습니다.

두 번째 사례입니다. 어느 부자 노인이 바닷가에서 조개껍데기를 수집하면서 매우 여유로운 여생을 보내고 있었습니다. 모두 부러워할 만한 모습입니다. 저런 모습이 로망인 사람들도 많을 것입니다.

그런데, 한 천사가 말했습니다. "저 인생이 가장 불쌍한 인생이란다." 모두 의아해서 천사에게 이유를 물었습니다.

천사가 대답했습니다.
"저 노인은 아무런 가치도 없는 일에 시간과 돈을 낭비하면서 죽어 가고 있지 않느냐."

세 번째 사례입니다. 나웅배 장관은 장관만 일곱 번이나 지낸 전설적인 인물입니다. 어느 날 퇴근길에 다른 일정 때문에 바삐 복도를 지나다 본인 나이 또래의 총무과장이 느긋하게 신문을 펼치고 있는 것을 보았습니다.

나웅배 장관은 그리고 나서 얼마 후 한 술자리에서 친한 지인들에게 한탄스럽게 얘기했다고 합니다. 모든 사람은 나웅배라는 사람의 삶이 훨씬 좋다고 생각하는데, 정작 본인은 복도를 지나면서 출세는 자신보다 훨씬 못했지만, 한가로이 자기 시간을 즐기고 있는 그 총무과장이 너무 부러웠다고 합니다.

위 세 가지 사례는 보는 사람의 관점에 따라 다 다릅니다. 논리의 문제가 아니니 정답도 다양합니다. 그러나, 고민은 해 볼 문제입니다. 어떻게 살아왔나? 어떻게 살아가야 하나?

두 번째, 부자 노인의 사례는 모두 고개를 갸우뚱합니다. 저를 포함한 거의 모든 사람의 로망과도 같은 모습입니다. 뭐가 문제라는 것인가? 의문이 듭니다.

사람들은 보통 살인, 도둑질 등만을 죄라고 생각합니다. 그러나, 천사는 시간과 돈을 자기 자신만을 위해 사용하는 것이 이보다 더 큰 죄일 수 있다는 점을 말하고 있습니다.

성경에 보면, 어떤 부자가 지옥에 갔습니다. "왜 제가 지옥에 와야 하나요? 저는 성경도 열심히 읽고, 살인, 강도, 간음 등 한 적이 한 번도 없는데~" 하면서 항변을 했습니다.

천사가 대답했습니다. "너는 배불리 먹고 있으면서 네 대문 앞에 있는 거지 나사로가 개와 함께 땅에 떨어진 음식을 주워 먹고 있는 것을 외면한 죄다."

돈만 많은 바보가 되지 않기

아래 사진은 아들이 초등학교에 다닐 때 제주도 가족 여행 중 찍은 사진입니다. 왼쪽으로 한화아쿠아리움이 보입니다. 점심을 먹고 난 직후에 찍었습니다.

바닷가에 있는 조그마한 식당에서 맛있게 점심을 먹고 난 후, 아들 녀석이 여기까지 왔으니 아쿠아리움 좀 구경을 하고 가야겠다고 제안합니다.

그런데, 당시 비행기 시간 등으로 시간 여유가 없었습니다. 아쿠아리움 입장료는 꽤 비싼 2만 원이었습니다. 그래서, 제가 거절을 했습니다.

그랬더니, 아직 초등학생이던 아들이 화가 많이 났습니다. 거기까지는 좋은데, 아빠가 여기까지 왔으니 아쿠아리움 앞에서 사진은 찍어주겠다고 하면서 화가 난 아들에게 브이(V)까지 하라고 하는 것입니다.

아들 입장에서는 입이 나올 만큼 나올 일입니다. 눈도 그리 크지 않은 편인데 눈도 더욱 작아지고 분노의 눈으로 변하였습니다.

　저도 아들에게 아쿠아리움을 구경시켜 주고 싶은 마음은 많이 있었지만 왠지 그날은 그렇게 하고 싶지 않았습니다. 특별한 의도가 있었던 것은 아니고 단지 그러고 싶었을 뿐입니다.

　제주도 여행 당시 제가 Money를 좀 만지던 때라 입장료가 없어 안 간 게 아닙니다. "세상에 당연한 건 없다. 감사하면서 살아라."라는 말을 해 주고 싶은 마음도 있었던 것 같습니다.

　"준아, 저기 못 가는 애들이 현준이만은 아니야. 저곳은커녕 밥이 없어 굶는 애들도 있으니 화 풀고 가자."라고 간신히 달래서 갔습니다.

　그런데 몇 년이 지난 초등학교 6학년 때 어느 날 갑자기 "나 제주국제학교 갈래. 그래서 미국 가서 공부하고 엄청 부자가 될 거야." 하는 것입니다. 갑자기 아쿠아리움 사건이 생각납니다. 얘가 돈에 대해 한을 품었나 싶기도 합니다.

그러나, 실제로는 초등학생이었지만 공부를 꽤 잘하는 편이고, 제가 그만할 때는 생각지도 못한 것을 말하는 것이 한편으론 신통방통하기도 합니다.

"좋아. 아빠가 보내 줄 테니 시험 2달 남았지만, 기회를 딱 한 번만 줄 테니 합격해 봐."라고 대답하였습니다. 이때부터 잠도 안 자고 새벽 3~4시까지 매일 공부하더니, 남들 강남에서 학원 1년씩 다니고도 붙기 어려운 시험에 합격을 합니다.

학비만 1년에 6천만 원 정도 듭니다. 아들과 한 약속도 있기 때문에, 제 입장에서는 당연히 내주어야 할 돈입니다. 저는 못 내줄 것처럼 하다 막판에 내줍니다. 그럼 아들 녀석이 "아빠, 고마워. 이렇게 비싼 학교 보내 줘서." 합니다.

그 학교 학부모들은 소위 '한 부자' 합니다. 옷도 명품들을 입히기도 합니다. 저는 그럴 형편도 되지 않지만 형편이 되더라도 결코 그렇게 하고 싶지는 않습니다.

아들도 그런 것에 대해서는 한 번도 불평을 한 적이 없습니다. "쟤들 바보인가 봐. 학교에 100만 원짜리 운동화를 왜 신고 와."라고 말합니다.

어느 날 아들과의 대화 내용입니다.

아들: 아빠, 나 엄청난 부자가 될 거야.

아빠: 좋은 생각이다. 어느 정도 부자가 되려고?

아들: 아빠 강화도 좋아하니까 강화도 섬 전체 정도는 사 줄 수 있을 정도?

아빠: 아빠는 강화도 섬 전체를 주면 아마 금방 죽을 거야. 지금 있는 조그만 집도 가꾸기가 힘들어. 아무튼, 부자 되어서 뭐 하려고?

아들: 아주 멋지게 살 거야.

아빠: 좋은 생각이다. 근데, 멋지게 사는 데는 그렇게까지 큰돈이 필요 없는데, 남은 돈은 뭘 하려고? 돈 많이 버는 것도 좋은데, 주변 어려운 사람 도우면서 살아야 한단다.

저 자신도 못 하면서, 아빠라는 사람이 소위 '구라'만 늘어서 아빠라는 직위를 남용하여 공자님 같은 말씀을 하고 말았습니다. 그리고 나서 저 자신도 민망하여 제 입을 사알~ 짝 한 대 때렸습니다.

주량 총량의 법칙과
우리의 건강 문제

술 문화와 관련된 이야기입니다. 우리나라 사람들 참 술을 즐기고 많이 마시는 경향이 있는 것 같습니다.

제가 공무원을 할 시절에는 폭탄주라는 것을 만들어 많이 마셨습니다. 맥주잔에 적당량의 맥주를 따른 후 양주잔에 양주를 따르고 양주잔을 맥주잔에 빠뜨린 후 이를 한꺼번에 마시는 것입니다.

폭탄주를 마시다 보면 맥주를 먼저 마시게 되고 길고 작은 잔에 있는 독한 양주가 나중에 입 안으로 들어오고 목구멍으로 넘어가는 구조입니다. 정말 독하기도 하고 웬만큼 주량이 되지 않는 사람은 몇 잔을 연달아 마시면 금세 취해 뒤로 나뒹굴고 맙니다.

한때는 참 많이 마셨던 것 같습니다. 공무원들도 많이 마셨고 특히 상명하복 문화가 강한 검찰 조직에서는 당시에는 낮에 점심을 먹다도 폭탄주를 돌리기도 하였다고 합니다. 벌써 아주 오래전의 일입니다.

같은 고등학교 동문 선배님 중에 검사로 장기간 근무하시고 고위직까지 오르신 분과 저녁을 할 때 나온 대화 내용입니다.

요즘 과거에 선배 검사로 모셨던 분 중에 70세가 넘으신 분을 만나 가벼운 술자리를 하게 되면 그분들은 요즘 거의 술을 못 드신다는 말을 한다고 합니다.

젊은 시절 낮이고 밤이고 그 독한 양주 폭탄을 엄청 마시는 직종이었던 만큼 금방 이해가 갑니다. 몸이 소위 이미 맛이 상당히 간 상태인 것입니다.

그 당시는 제가 근무했던 기획재정부에서도 일을 잘하는 것도 필요했지만, 술을 잘 마시는 것도 엄청난 평가 요인이었습니다. 멋들어지게 한입에 폭탄주를 연달아 털어 넣고서도 주변 사람들에게 보란 듯이 마지막까지 끄떡없는 모습을 보여 주는 것이 그때 당시에는 상사들로부터 인정을 받는 하나의 방법이기도 했습니다.

지금 생각해 보면 쓸데없는 객기에 가까운 행동입니다.
각자의 알코올 체질에 따라 주어진 총량이 있는 듯합니다. 저는 이것을 '주량 총량의 법칙'이라고 부릅니다.

평생 동안 자신에게 허락된 총량을 감안하여 애껴서 마셔야 하는데, 술을 마시다 보면 분위기 등으로 그렇게 쉽지 않습니다. 더구나 술이 좀 들어가면 내가 술을 마시는 건지 술이 술을 마시는 건지 분간이 안 가는 경우도 있습니다.

무슨 일을 하더라도 건강이 필요합니다. 건강할 때는 그것의 소중함을 잘 모르고 지내는 경우가 많습니다. 뭐든지 잃고 나서 소중함을 깨닫는 경우가 많습니다. 얼마나 축복이었고 감사해야 할 일인지를 자신이 누리고 있는 동안은 잘 인식하지 못하는 것입니다.

얼마 전 고등학교 동문 선배님 중에 검사로 오래 재직하시다가 십여 년 전 뇌출혈 등으로 고생하시다 지금은 많이 좋아지신 분을 저녁 식사 모임에서 만나 뵐 기회가 있었습니다.

건강은 요즘 어떠시냐 물으니 많이 좋아져서 정상에 가깝다고 대답을 합니다.
그럼에도 찬찬히 보니 세월이 많이 흘렀다는 생각이 들고, 지팡이를 들고 다니는 모습이 좀 안쓰럽기까지 합니다.

젊은 시절에는 술도 그렇게 많이 마시던 건강과 넘치는 자신감이 거의 사라졌습니다. 아무도 세월의 흐름을 역행할 수는 없는 일입니다.

조만간 떠나갈 것들을
격렬히 사랑하라

저는 톡을 하다 가끔 상대방의 프로필 사진과 좌우명 같은 문구를 봅니다.

프로필 사진과 문구는 본인들 나름대로 생각을 해서 고른 것이기 때문에, 그 사람이 현재 무엇을 중시하는지 등을 볼 수 있기 때문입니다.

제 아들 녀석 말에 따르면, 50대 이상은 본인 사진이나 가족사진, 아름다운 자연 사진을 올리는 특징이 있고, 신세대들은 그러면 놀림을 받기 때문에 아무것도 올리지 않거나 간단한 추상적 그림을 올린다고 합니다.

제가 지금까지 본 문구 중 가장 인상 깊은 문구는 "조만간 떠나갈 것들을 격렬히 사랑하라."입니다.

'회자정리'와 '인생의 유한함'을 늘 생각하면서 어떤 마음으로 살겠다는 자세가 담긴 문구이기 때문에 의미 있게 받아들여집니다.

이와 관련하여, 방송인 서정희 씨가 암 투병 중에 누리꾼들에게 감사 인사를 전한 내용이 매우 인상적이고 감동적이어서 메모를 해 두었습니다. 그 내용의 일부를 인용해 봅니다.

"저는 윤동주의 「서시」를 중학교 때부터 읊조렸던 거 같아요. 윤동주의 「서시」처럼 모든 죽어 가는 것을 사랑해야겠어요. 그리고 저한테 주어진 길을 걸어가야겠어요. 저는 잎새에 이는 바람에도 괴로워했어요. '별을 노래하는 마음으로 모든 죽어 가는 것을 사랑해야지.'라는 고백이 나의 고백이 되게 할게요! 아주 작은 풍파에도 흔들리는 연약한 저였지만….'"

모든 사람은 결국 나의 곁을 떠나갑니다. 그리 긴 시간이 아닐 수도 있습니다. 정말 "머지않아 떠나갈 사람들을 최선을 다해 사랑해야 합니다."

우리는 꼭 소중한 것을 잃거나 잃을 즈음에야 너무 소중했다는 것을 깨닫곤 합니다. 가족과 주변 사람이~~ 그리고, 내 생명이~~

자기 자신을 사랑해야 다른 사람을 사랑할 수 있습니다. 돈, 명예, 지위, 체면 등은 살아가는 수단일 뿐이고, 결국 죽을 때는 오직 '사랑'만 자기의 몫으로 챙겨 갈 수 있습니다.

서정희 씨 글을 다시 읽어 보았습니다. 많은 시련과 병마와의 고통의 시간 중에도 저런 생각을 할 수 있다는 것이 정말 대단합니다.

아름다운 영혼과 마음을 가진 분인 듯합니다.

저도 말로만 할 게 아니라 마음과 행동을 더욱 깨끗이 해야겠다는
다짐을 다시 한번 해 봅니다.

서시

죽는 날까지 하늘을 우러러
한 점 부끄럼이 없기를,
잎새에 이는 바람에도
나는 괴로워했다.
별을 노래하는 마음으로
모든 죽어가는 것을 사랑해야지
그리고 나한테 주어진 길을
걸어가야겠다.

오늘밤에도 별이 바람에 스치운다.

1941年 11月 20日

대범하게
배짱으로 살아 보자

우리는 누구나 현재의 상태에 안주하려는 경향이 있습니다. 현재의 상태가 오래 지속되었기 때문에 현재의 상태가 익숙하고 편안하게 느껴지기 때문입니다.

변화는 자신이 가 보지 않은 길임과 동시에 모르는 불확실성이 내재되어 있습니다. 어떤 변화의 결심을 하기가 쉽지 않습니다.

또 다른 제약 요인도 있습니다. 그중 하나는 우리가 어떤 행동을 할 때마다 신경 쓰이는 다른 사람들의 눈입니다.

외국에 가끔 나가 보면 외국인들은 다른 사람을 거의 신경 쓰지 않고 자기가 하고 싶은 일을 그냥 하는 것 같은데, 우리나라 사람들은 유독 다른 사람들의 눈을 의식하면서 살아간다는 느낌을 받을 때가 많습니다.

또, 많은 사람이 오랫동안 해 온 관행이라는 것이 있습니다. 그 행동이 사회의 관행이 되었다는 것은 그동안 사회 구성원들에게 그만큼

편리성과 위험의 감소 등 많은 유익함을 주었기 때문일 것입니다.

그러나, 관행이라고 하더라도 자기 자신의 상황과는 전혀 맞지 않을 수도 있습니다. 이럴 경우에는 관행에 얽매이지 않고 이를 벗어나야만 합니다.

자기 자신의 삶을 사는 데는 위와 같은 많은 장애물이 있습니다. 나름의 용기와 배짱 같은 것이 필요할 수도 있습니다. 무엇을 얻기 위해서는 그만한 위험도 감수해야 하는 것이 이치상 맞습니다. 어떤 리스크도 감수하지 않고서 더 좋은 것, 더 큰 것을 얻을 수는 없습니다.

현실에만 안주하고 다른 사람들의 관행이나 눈치만 따르다 보면, 정작 자기 자신이 하고 싶은 일을 하지 못하고 엉뚱한 일을 하는 경우가 많게 됩니다.

자기 자신의 삶을 살아가는 것이 아니라 다른 사람의 기대에 맞춰 사는 이상한 삶을 살게 되는 것입니다. 당연히 삶의 만족도가 떨어질 수밖에 없고, 한편으론 피곤한 삶이고 위선적 삶이기도 합니다.

자기 인생은 다른 사람이 책임져 주지 못하고 결국 자기 자신의 책임입니다.
자기 자신의 삶을 살아야 합니다. 정작 다른 사람은 나에게 신경도 쓰지 않는데 습관적으로 그렇게 하는 경우도 많습니다.

좀 대범해질 필요도 있습니다. 저 같은 경우에는 가끔 이런 생각을

하면 용기가 납니다. '내가 언제는 뭐 많은 것을 가진 적이 있었나?'

저는 어렸을 적 정말 내성적이었습니다.
생각을 바꾸자. 또 생각을 바꾸자. 꾸준히 반복하다 보니 지금은 정말 좋아졌습니다.

과거의 성격보다 지금의 성격이 훨씬 좋습니다. 다른 사람이 뭐라 생각하든 신경 쓰지 말고 살아 보자고 가끔 다짐도 하곤 합니다. 그렇다고 소위 민폐를 끼치면서 내 주관대로 살겠다는 것은 아닙니다.

저는 고생해서 행정고시에 합격하여 공무원이 되었고 그 길은 많은 사람이 부러워도 할 수 있고 보람도 있는 길일 수도 있지만, 제가 공무원을 계속하는 것은 저의 여러 여건에는 전혀 맞지 않다는 생각을 하였습니다.

어떤 길이 99%의 사람에게는 좋은 길일 수 있지만 자신의 길은 아닌 경우도 있습니다. 좋은 길, 나쁜 길의 문제가 아니라 자신에게 맞지 않는 길인 것입니다.

제가 좀 이른 시기에 공무원으로서 사표를 냈을 때는 저에게 거의 확신이 있던 상태였습니다. 내가 앞으로 어떤 일을 하고 어떤 길을 가게 될지는 잘 모르겠지만 지금 있는 이곳은 적어도 아니라는 확신이었습니다.

그래서, 미련 없이 사표를 낼 수 있었고, 그 이후 솔직하게 한 번도 그 일을 후회해 본 적이 없습니다. 비교도 하기 어렵지만 이후 더 잘 되고 못되고의 문제는 아닙니다.

우리가 진정으로 두려워해야 할 분은 오직 하나님 한 분뿐입니다. 하나님은 사랑의 하나님이시지만 두려워해야 할 대상이기 때문입니다. 하나님께 혼날 일만 하지 않도록 노력하면 된다고 생각합니다.

자기 인생은 다른 사람이 책임져 주지 못하고 결국 자기 자신의 책임인 사실을 뻔히 알면서도 모순된 행동을 할 때가 우리는 너무나 많이 있습니다.

가끔 스스로 이렇게 말해 봅니다.

"나도 좀 대범해질 필요가 있겠다. 자신감도 가져 보자. 어깨도 활짝 펴고 하고 싶은 말이 있으면 좀 하고 살아 보자. 하고 싶은 말 입 안에 담고 죽을 필요까지 있겠는가. 하고 싶은 일도 해 보자. 설령 후회하더라도 못 해 보고 후회하는 것보다는 낫겠다."

남은 시간이라도 자기 자신에게 솔직하고 충실한 삶을 살아야겠다는 생각을 해 봅니다.

사색이 있는 삶

한때 정치권에서는 득표 전략으로 '저녁이 있는 삶'을 강조하기도 하였습니다. 이는 그동안의 야근 문화 등을 개선하여 개인적인 시간도 갖도록 하겠다는 것입니다.

우리 동양적인 정서에서는 개인보다는 조직을 우선시하는 경향이 서양보다 강합니다. 개인의 이익을 죽이고 공공의 이익을 도모해야 한다는 '멸사봉공'이란 용어까지 있을 정도입니다.

양자 중 어느 쪽을 더 중시하느냐는 그 사회의 오랜 역사적 배경을 바탕으로 하는 경우가 많습니다.

그러나, 어느 한쪽을 지나치게 강조하다 보면 많은 부작용이 나타나기 마련입니다. 어느 정도의 조화가 필요합니다. 일과 가정 또는 개인적인 시간의 적절한 균형이 있어야 합니다.

우리가 물질적 풍성함으로 얻는 혜택이 많듯이, 정신적인 풍성함으로 얻는 혜택도 많이 있습니다. 정신적인 성장과 풍성함은 여유와 사색을 통하여 얻는 경우가 많습니다.

사색은 고차원적인 것만 해당하는 것이 아니라 그냥 이것저것을 생각해 보는 것 그 자체입니다. 사소한 문제도 좋고 보다 근원적인 문제도 좋습니다. 부담 없이 이쪽으로도 생각해 보고, 반대로 뒤집어서도 생각해 보면 나름 그 재미도 쏠쏠하다는 것을 알 수 있습니다.

어떤 일을 실제 행동으로 시도해 보는 것은 비용이나 시간 등 제약이 있을 수 있지만, 혼자만의 생각은 어떤 제약도 없을 뿐만 아니라 비용도 들지 않고 자유이기 때문에 범위가 한없이 넓어질 수도 있는 장점도 있습니다.

사색을 하면서 글로 자신의 생각을 정리해 보는 것도 재미있는 방법 중 하나입니다. 막연히 생각만 하는 것보다 글로 적기 시작하면 더 깊이가 생기기도 하고 명확해지는 이점이 있습니다.

그리고, 자신의 생각을 필요하다면 다른 사람들과 다양한 방법 등을 통해 공유해 보고 대화도 하면서 다른 사람의 의견도 들어 보는 것도 좋을 것입니다.

그러한 과정이 있으면 자신의 생각이 바뀔 수도 있고 사고의 깊이가 더 깊어지게 될 것이기 때문입니다.

가족의 소중함을 느낄 때

모 증권 회사의 전무로 근무하시는 고등학교 선배님과 약 20여 년 전에 단둘이서 점심 식사를 할 기회가 있었습니다. 그 선배님의 의견이 당시에는 저에게 매우 신선하게 생각되어서 아직도 기억이 선명하게 납니다.

그 선배님이 저에게 묻습니다. "우리 인생에서 매우 중요한 것 중 자기 자신이 결정할 수 있는 것이 무엇이고, 우리가 언제까지 일을 해야 하냐?"

저는 그 문제에 대해 그동안 깊이 있게 생각해 본 적이 없었기 때문에 막연하게 대답을 하였습니다. "글쎄요. 여건에 따라 다르겠지만 보통 정년까지 하지 않나요?"

그 선배님은 그 증권 회사에서 승진도 매우 빨랐고 이미 상당히 높은 직위에 올라와 있어서 꽤 많은 연봉을 받고 있는 상태였습니다. 더구나 나이도 아직 정년을 한참 남겨 놓고 있었습니다.

그 선배님이 자신의 의견을 말합니다. "나는 인생에 큰 영향을 미치는 것이 어떤 부모를 만나는지, 누구와 결혼하는지, 어떤 직업을 선택하는지가 중요하고 하나를 더한다면 언제까지 일을 해야 하는 것인지라고 생각해. 그런데, 부모님은 우리가 선택할 수 있는 것은 아니고, 나머지는 우리 스스로가 선택할 수 있는데, 나는 1년 뒤에는 그만두고 가족들과 더 좋은 시간을 가지려고 해."

"왜요? 한창 일할 수 있는 나이이시고 나름대로 승진도 빨리하시고 지금 엄청 좋은 직장인데요."라고 제가 말했습니다.

이에 대한 그 선배님의 답은 이렇습니다. "보통은 모든 힘을 일하는 데만 다 쓰고 다른 더 의미 있는 일을 못 하고 죽는 사람들이 대부분인데 나는 절대 그렇게 하지 않을 거야."

당시 점심을 마치고 나오면서 정말 맞는 말씀이라고 생각하였습니다. 그 선배님은 경제적인 여건 등으로 보아 직장을 그만둘 수도 있는 상황이었습니다. 그리고, 실제로 말한 대로 거의 1년이 지난 시점에 직장을 그만두고 캐나다에 있던 가족의 품으로 가셨습니다.

보통 대부분의 사람은 직장에서 정년까지 일하는 것을 당연시하고, 정년을 채우는 것을 큰 보람으로 생각합니다. 각자의 여건과 상황이 다름에도 이 생각만큼은 비슷합니다. 그러나, 여건과 상황이 다르면 일하는 기간이 달라져야 한다는 생각이 오히려 더 합리적일 수 있습니다.

따라서, 다른 많은 사람이 너무 당연하게 생각하는 것이라도 다시 한번 곰곰이 생각해 보면 그것이 정답이 아닐 수도 있다는 생각이 듭니다.

우리 모든 인간에게 주어진 가장 중요한 '시간과 힘'은 매우 제한적입니다.

'우선순위를 정하고 적절한 배분을 하는 것이 필요하겠구나.' 절실히 깨닫는 좋은 계기가 되었습니다.

제가 어렸을 때 살던 시골에서는 가족 중심의 생활이 그대로 구현되고 있었습니다. 대부분 농사를 짓고 살았기 때문에 집이 직장이고, 가족이 함께 일을 했기 때문에 가족이 직장 동료이고, 별도로 식사 약속을 하는 경우는 거의 없기 때문에 가족이 식사 약속 대상이었습니다.

그런데, 최근 도시 생활에서는 이 중에서 가족이 낄 자리가 거의 없어져 버렸습니다. 가족과 함께할 시간이 정반대로 극단적으로 사라져 버린 것입니다.

우리가 사회생활을 하다 보면, 여러 복잡한 인간관계가 필연적으로 수반됩니다. 그러나, 가장 어려울 때나 마지막까지 함께할 수 있는 사람은 가족과 극히 일부 소수의 사람에 불과합니다.

죽는 순간에는 아무리 친하게 지낸 사이라고 하더라도 친구를 찾지 않습니다. 가족을 찾게 됩니다. 그만큼 가족이 소중한 존재인 것입니다.

너무 일에만 몰두하는 경우에는 성취욕 등은 얻을 수 있겠지만 더욱 중요한 무언가를 잃게 될 수도 있습니다.

우리 인간은 모든 것을 다 할 수 있는 존재가 결코 아닙니다. 하나를 하게 되면 다른 하나는 반드시 못 하게 되는 존재입니다. 그만큼 항상 선택의 문제가 따르는 것입니다.

 가족 등 가까운 사람과 더 많은 시간을 보내는 것이 얼마나 소중한 것인지는 대부분의 사람이 거의 자신의 힘과 시간이 다해 갈 때쯤 절실히 느끼는 것 같기도 합니다.

역할 변화에 따른 적응
– 검정 펜, 빨강 펜, 주둥이론

나이가 들어 가고 직장 내에서 직위가 올라가기도 하면서 역할이 계속해서 많이 변화합니다. 역할이 변화함에 따라 변화된 역할에 적합하게 행동할 필요가 있습니다.

얼마 전 공무원으로서 고위직인 장관과 차관을 지내신 선배님들 두 분과 셋이서 조용히 저녁 식사를 할 기회가 있었습니다.

대화 중 매우 인상적인 비유의 내용이 있어 소개해 볼까 합니다. 장관을 지내신 한 선배님의 말씀입니다.

"사무관 때는 검정 펜을 들고 열심히 기안하고 일해야 하지만, 과장이 되면 빨간 펜을 들고 사무관이 기안한 내용을 수정만 해야지 효율성이 다섯 배로 올라가고, 국장이 되어서는 펜을 들지 말고 말(주둥이)로만 지시를 해야 또 효율성이 다섯 배가 올라간다."

그리고 나서 이 내용에 대한 '검정 펜, 빨간 펜, 주둥이론'이라는 재미있는 제목도 알려 주셨습니다.

식사를 끝내고 집에 돌아오는 길에 곰곰이 다시 생각해 보았습니다.

우리의 역할이 조직에서의 위치뿐만 아니라, 가족 간 등 여러 측면에서 계속해서 변하고 있다는 생각이 들었습니다.

계속 과거만 생각하고 자기 자신의 고정관념에 사로잡혀 있지는 않나 하는 반성도 하게 되고, 좀 더 나 자신이 주변 변화에 따라 적절히 변화해야겠다는 다짐도 해 보는 좋은 계기가 되었습니다.

다른 사람이 실망스럽고
원망스러울 때 생각해 볼 것들

사람들과 얽혀서 부대끼며 살다 보면 좋은 일만 있는 것은 당연히 아닙니다. 힘들 때도 있고 다른 사람에게 화가 나는 경우도 있습니다.

우리나라 사람은 성질이 급하다고 하는데 저는 그중에서도 더 급한 쪽에 속합니다. 무슨 일이든지 빨리빨리 하고 마무리를 짓고 싶어 하기도 합니다. 그리고, 화를 내는 경우도 다른 사람들보다 더 많이 있습니다.

이와 같이 화가 나는 경우는 자신일 수도 있지만 다른 사람에 대한 것도 많이 있습니다. 화를 내고 나면 항상 '좀 참을걸.' 하는 후회가 대부분 따릅니다.

화를 좀 덜 내는 방법이 없을까 당연히 고민을 하게 됩니다.

그러면서 한번 생각해 봅니다. 다른 사람과 나의 생각이 다를 수 있다. 그리고, 역지사지를 해 보면 나도 저 입장에서 충분히 그렇게 했을 가능성도 크다는 것입니다.

그러면, 상대방 입장이 이해가 되기도 합니다.

그런데, 또 비슷한 상황이 되면 화가 나고 참아야 함에도 못 참고 화를 내게 됩니다. 참 고치기가 쉽지는 않습니다. 반복해서 노력하는 수밖에 달리 방법이 없는 것 같습니다. 노력을 나름대로 하는데 잘되지 않습니다.

가끔 나 자신이 매우 힘들 때는 내가 이렇게 힘든데 왜 다른 사람들은 나를 좀 도와주지 않는지 생각이 들 때가 있습니다. 그러나, 이 경우도 조금만 역지사지를 해 보면, 보통은 나 자신을 포함하여 자기 일에 마음의 대부분이 가 있어 다른 사람은 신경을 못 쓰는 경우가 태반입니다.

즉, 나 자신도 상대방이 어려웠을 때 못 도와주는 경우가 많을 뿐만 아니라 그 사람이 어려운 상황인 것조차 모르면서 지나치는 경우도 많다는 것입니다.

나도 똑같이 한 것입니다. 화가 날 이유가 없는 것입니다. 그런데도 화가 나는 것은 무슨 조화인지 도대체 알 수가 없습니다.

지난날을 회상해 보면, 생각해 냈다가도 또 금세 까먹고 실수를 반복하고 또 후회하는 일의 연속입니다.

저 자신이 소위 더 좋은 사람으로 바뀌고 싶은 욕구는 항상 있습니다. 그런데, 왜 내 것인 것 같기는 한데 내 마음과 내 손과 내 발은 내 말을 잘 듣지 않는 것인지 도대체 영문을 모르겠습니다. 내 것도 내 마음대로 못 하는데, 다른 사람의 것이야 오죽하겠나 생각할 일이기도 합니다.

내면의 소리
(시)

우리는 행동한다.

다른 사람의 보는 눈을 의식하면서.

그러고 나서 마음은 공허하다.

나 자신을 잃어버려서.

내 주장과 주관을 세워 볼까

생각해 보지만 남의 눈이 두려워진다.

혼자 꼭꼭 숨어 보자.

내 마음이 가는 대로 해 보자.

웬일인가 보는 눈 없는데도 누군가 보고 있다.

숨어서 나를 지켜보는 너는 누구냐.

아하 나의 양심이로구나.

네가 있어 내가 있구나.

네가 나를 제약하면서 나를 지키고 있구나.

오직 너만이 내가 나임을 알려 주는구나.

네가 이 순간만이 아닌

후일이 있음을 기약하게 하는구나.

오오라 네가 나의 참된 벗이로다.

- 시인 김순철

제5장

사회적·경제적 문제와
관련한 것들

우리가 추구하는
정의란 무엇인가

오랫동안 지속적으로 화두가 되어 온 것 중 하나는 사회적·경제적인 '불평등'의 문제입니다.

우리가 현재 살아가는 자본주의 세상에서는 신분적 불평등이라는 눈에 명확히 보이고 원인이 분명한 불평등은 없어진 반면, '보이지 않는 손에 의한 불평등'이 새롭게 만들어졌습니다.

불평등 문제를 어떻게 바라볼 것인지와 직접 연결되는 것이 '정의'라는 개념이 아닐까 생각합니다.

"정의는 새로운 개념도 아니다. 복잡한 개념도 아니다."라고 누군가 말합니다. 여기에 조금 덧붙인다면 "정의는 멀리 있지도 않다는 것이다."라고도 표현할 수 있을 듯합니다.

우리가 현실에서 추구하는 정의는 고차원적이고 적극적인 것이 아닙니다. 학문에서 논해지는 이상적이고 철학적인 것도 아닙니다. 당연히 완전하고 이상적인 평등을 말하는 것도 아니고, 가진 자의 것을 빼앗아 못 가진 자에게 나누자는 적극적이면서 최대한의 정의도 아닙니다.

우리가 바라고 추구하는 정의는 '최소한의 정의'일 뿐입니다.

일반인들이 원하는 것은 왜곡된 것을 바로잡고, 편법과 반칙이 더 이상 허용되지 않는 사회입니다. 가진 자가 더 많은 것을 갖기 위해서 덜 가진 자의 몫을 교묘한 방법으로 빼앗아 가는 것을 막자는 것이 우리가 원하는 최소한의 정의인 것입니다.

적극적이고 학문적인 정의에 대해서는 다양한 의견이 있을 수 있습니다. 그러나, 우리가 바라고 추구하는 '최소한의 정의'는 국민 대다수가 바라는 공통분모만을 모은 것이라고 생각합니다.

정의는 다양한 이름으로 표현될 수 있습니다. 우리나라 현실에서 경제 분야에 적용하면 '경제 민주화'가 될 수 있고 재벌 문제로 범위를 더욱 좁혀 보면, '재벌 개혁'이 될 수도 있을 것입니다.

왜곡되고 잘못된 현실을 바로잡자는 것뿐입니다. 누군가가 자신들의 노력에 비해 국민 총생산의 너무 많은 부분을 가져가고 누군가는 자신들의 노력과 기여에 비해 너무 작은 부분만 배분을 받는다면 이것은 왜곡입니다.

삐뚤어진 특권 의식에 의한 횡포도 왜곡입니다.

우리가 어쩌면 체념하거나 당연하게 여겼을지도 모를 이러한 왜곡은 우리 사회 곳곳에 산재해 있습니다.

경제 분야뿐만이 아닙니다. 정치 분야도 그렇고, 교육 분야도 심각합니다. 더 나아가 언론이 그렇고 법조 분야도 왜곡된 부분이 많이 있다는 사실을 우리는 잘 알고 있습니다.

누군가가 편법으로 이익을 더 가져가게 되면 여타 다른 사람의 몫은 그만큼 줄어드는 것이 당연한 이치입니다.

자기가 노력하고 사회에 기여한 만큼씩만이라도 가져갈 수 있었으면 하는 바람을 갖는 것이 우리가 원하는 최소한의 정의입니다. 우리가 가난하니 더 가진 자들 몫을 우리에게 더 달라는 것이 아니라 우리의 정당한 몫만이라도 달라는 것입니다.

사실 우리나라는 급속한 경제 발전을 위하여 정책적으로 특정 집단이나 특정인에게 엄청난 특혜를 주었습니다. 그만큼 그들은 사회에 대해 책임과 의무가 큰 것도 사실입니다.

초기 로마 시대에 왕과 귀족들이 보여 준 투철한 도덕의식과 솔선수범하는 공공 정신에서 비롯되었다는 노블레스 오블리주(noblesse oblige)와 같은 높은 사회적 신분에 상응하는 높은 도덕적 의무까지도 바라지 않습니다.

우리가 바라고 추구하는 정의는 편법과 반칙을 더 이상 허용하지 말고 공정하게 하자는 것입니다.

　법 앞에 평등하고 능력에 따라 의무를 부담하여야 한다는 것입니다.
그리고, 사회적 약자에 대해서는 사회 공동체가 책임 의식을 갖고 함
께 배려를 하자는 것입니다.

　이를 위해서는 다양한 이해관계의 목소리를 낼 수 있는 기회가 주어
져야 합니다. 지금은 힘이 있는 한쪽만 목소리를 낼 수 있는 구조입니
다. 기득권층의 목소리만 들리고 있습니다.

　반대편의 목소리는 전혀 낼 수가 없습니다. 반대편도 목소리를 낼
수 있는 기회가 주어지는 것이 최소한의 정의의 기반입니다.

　정의를 찾는 방법은 멀리 있지 않습니다. 정치인이나 집권자의 몫도
아닙니다. 우리가 할 수 있습니다.

　성실하게 일한 사람을 그만큼 대우해 주고 잘못되고 왜곡된 것을 바
로잡고 우리보다 못한 사람을 배려하면 됩니다. 그리고, 정의로운 사
회가 될 수 있도록 국민 각자가 자신의 권리를 정당하게 행사하면 된
다고 생각합니다.

　민주주의에서는 투표용지가 총알보다 강하다고 합니다. 이 의미를
잘 생각하여야 할 것입니다. 가끔씩 주어지는 우리의 권리를 함부로
낭비해서는 안 될 것입니다.

어린 중학생으로서 겪은
5.18의 비극

어린 시절 나주 시골 마을의 저희 집은 광주에서 목포로 가는 길이 아주 잘 보이는 산 중턱에 자리 잡고 있었습니다.

1980년 5월입니다. 벌써 40년 이상의 세월이 흘렀습니다.

5월의 어느 날부터 낮에 피난민들이 광주로부터 목포 쪽을 향해 많이들 지나가기 시작합니다. 모두 걷거나 소달구지를 끌고 갑니다.

그런데, 어느 순간부터 갑자기 시위대들이 버스 등을 탈취하여 유리창은 다 깨지고 차 지붕을 타고 전부 몽둥이들을 들고 "전두환은 물러가라!"라는 들어 보지도 못한 사람의 이름을 외치고 지나다니더니, 집에서 보니 경찰서와 호남비료공장에 있는 무기고를 버스로 부딪쳐 무기고를 부수고 무장을 하기 시작합니다.

이제는 밤에 총소리가 들리기 시작합니다. 그리고 지나가는 행렬을 보니 리어카에 가마니를 덮어 시체들을 끌고 가는 모습도 자주 보입니다.

그때 당시에는 모든 대중교통 수단이 차단된 상태였고, 자가용이 있는 집은 손에 꼽을 정도였던 시기입니다.

제가 당시 들은 뉴스는 이렇습니다. 북한에서 간첩들이 많이 내려와서 폭동을 조장하고 있다는 것이었고, 국민 여러분은 어떠한 '유언비어'에도 속지 말아 달라는 것이 핵심이었습니다.

그런데, 나중에 알고 보니 5.18의 비극이 일어나고 있다는 뉴스가 서울 등 다른 지역에서는 철저히 차단되고 있었다는 것입니다.

그때 당시 큰형은 전남대에 다니고 있었습니다. 그런데, 며칠 동안 집에 오지도 않고 소식도 전혀 없었습니다. 우리 가족들은 연락할 방법도 없고 말 그대로 걱정만 태산일 수밖에 없었습니다. 생사 자체를 알 수가 없었기 때문입니다.

그런데, 며칠 후에 큰형이 집에 왔습니다. 온몸에는 여기저기 상처가 있고 완전 상거지 상태였습니다. 사연을 들어 보니, 당시 군인들이 광주에서 젊은 남자들은 닥치는 대로 죽이고 때리고 잡아갔다고 합니다.

그래서, 광주에서 몰래 숨어 있다가 새벽녘에 큰길로 오지는 못하고 산만 타고 집으로 돌아왔다고 합니다.

5.18은 우리 현대사에서 절대 있어서는 안 될 처참한 비극입니다. 너무 많은 사람이 죽고 다쳤습니다. 아들, 딸들을 잃은 부모 등 가족들은 땅을 치며 통곡을 하였습니다.

저는 정부의 사망자 수에 대한 공식 발표가 믿어지지 않습니다. 제가 생각하기에는 훨씬 많은 사람이 죽었다고 생각합니다.

그런데, 전두환 등 집권욕 있는 일부 악마와 같은 인간들은 그렇다 하더라도, 어떻게 군복을 잠시 입은 군 복무 중인 젊은이들이 같은 국민들을 죽일 수 있는지 이해가 되지 않습니다. 원수진 것도 없고 특별한 이해관계도 없는데 말입니다.

명령에 따를 수밖에 없었던 불가피한 상황은 있었겠지만 당시의 많은 사진을 보면, 감정들까지 가득 담겨 있는 모습이 많습니다. 군부 독재에 저항하는 광주 시민들을 개보다 못하게 두들겨 패고 한 대라도 더 때리기 위해 곤봉을 휘두르고 군홧발로 짓밟는 모습들을 보게 됩니다.

그때 당시에도 그렇지만 지금 생각해 보아도 너무나 가슴 아프고 슬픈 일이 아닐 수가 없습니다.

우리나라는 역사적으로 일제의 앞잡이를 한 사람들에 대한 소위 '일제 청산'을 하지 못했습니다. 5.18 비극에 대한 역사 청산도 하지 못했습니다. 당시 군부에서 주요 역할을 했던 인물들이 지금도 처벌은 커녕 오히려 부를 누리고 떵떵거리며 사는 모습을 보게 됩니다.

잘못된 것에 대한 역사 청산은 매우 중요한 의미가 있습니다. 이를 하지 못하면 잘못된 인식과 문화를 만들어 내기 때문입니다. 그래도 되는 줄 알게 됩니다. 역사가 바로 설 수가 없습니다. 정말 잘못된 것입니다.

저는 사형 제도를 반대합니다. 그러나, 일반 범죄가 아닌 역사를 바로 세우는 것과 관련해서는 저는 사형을 찬성합니다. 소위 신군부 관련자들은 지금이라도 모두 사형에 처해야 우리의 역사가 바로 설 수 있다고 생각합니다.

이런 인간들이 오히려 부를 누리면서 살아간다면 우리 사회에서 정의라는 외침은 모두 허구에 불과할 뿐입니다.

전두환이라는 인간은 죽는 순간까지도 인간임을 포기하였습니다. 일말의 반성조차 하지 않았습니다. 관련된 인간이 전두환뿐만이 아님은 우리가 잘 아는 사실입니다.

다시는 이런 일이 반복되지 않기 위해서라도 바로잡을 것은 바로잡아야 한다고 저는 생각합니다.

경제 성장의 성과는
국민 모두가 함께 누려야 한다

　우리 대한민국은 지독한 가난에서 벗어나기 위해 지금까지 앞만 보고 달려온 측면이 있습니다. 항상 빨리 가려고만 했습니다. 그동안 외환 위기와 금융 위기라는 어려움도 이겨 내야 했습니다. 우리 스스로를 돌아보고 재정비할 여유가 없었다고 할 수 있습니다.

　이제는 우리 경제의 몸집이 세계 10위권으로 많이 커졌습니다. 그런데, 체력도 많이 떨어지고 몸의 균형도 한쪽으로 치우쳐 있는 것도 사실입니다. 이제는 빨리 가려고 해도 쉽지 않게 되었습니다.

　이제 우리 경제는 몸의 균형을 맞추고 체력도 키워야 합니다. 그래야 꾸준한 속도로 더 멀리 갈 수 있습니다.

　지속 가능한 경제가 되어야 합니다. 성장의 성과를 한 사람도 소외되지 않고 국민 모두가 누릴 수 있어야 합니다. 더 나아가서는 국민이 행복할 수 있는 경제가 되어야 합니다.

　경제는 성장해야 하지만, 성장의 성과가 일부에게만 돌아간다면, 국민 중 많은 사람이 '성장은 왜 해야 하는가?' 하는 근본적인 의문을 갖게 될 수밖에 없습니다. 현재, 우리나라에 만연해 있는 양극화를 완화해야 합니다.

종전에는 성장과 분배를 서로 상충적인 관계로 보아 선택의 문제로 보는 시각이 많이 있었던 것도 사실입니다.

그러나, 적절한 분배가 성장에 도움이 되고, 지나친 양극화는 지속 가능한 성장을 담보하지 못한다는 주장이 훨씬 설득력을 얻고 있는 것도 사실입니다.

우리나라는 외환 위기와 금융 위기를 겪는 등 위기를 거치면서 양극화가 심화되고 있습니다. 위기 때 가장 피해를 보는 계층이 취약 계층이고, 회복기에는 혜택을 성과만큼 누리지 못하기 때문입니다.

저성장과 양극화는 더 이상 별개의 문제도 아니고 선택의 문제일 수도 없습니다. 양극화 완화는 성장에도 도움을 주고 지속 가능한 경제를 담보한다고 생각합니다. 달리 표현하자면, 양극화 완화 자체가 하나의 성장 동력인 것입니다.

양극화를 완화하기 위해서는 무엇보다 시장에서 상대적으로 힘이 없는 계층이 목소리를 제대로 낼 수 있도록 하는 제도의 정비가 필요합니다.

비정규직 등 저소득층이나 중소 하청 기업들이 기업주나 대기업에 대하여 정당한 자신의 몫을 주장할 수 있어야 시장에서 공정한 분배가 이루어질 수 있습니다.

우리 사회 곳곳에 어려운 분이 많이 있습니다. 이들 취약 계층에 대해서는 정부가 재정 등을 통하여 사회 안전망을 확충해야 합니다.

대기업과 중소기업 간 임금 격차, 비정규직 등 저임금 문제를 완화해야 합니다.

임금 근로자 이외에 가계 소득의 한 축을 이루는 것이 자영업자입니다. 우리나라는 조기 은퇴 등으로 비자발적 자영업자 비율이 선진 외국에 비해 유난히 높습니다. 자영업자에 대한 내실 있는 대책도 추진해 나가야 할 것입니다.

한편, 우리가 바탕을 두고 있는 시장 경제 체제는 공정한 경쟁이 가능하고, 기회가 공평하게 주어질 때 더욱 효과를 발휘하고 활력을 얻을 수 있습니다. 그동안의 잘못된 관행은 바로잡고, 법과 제도를 개선해야 합니다.

선거 때
왜 불쌍한 서민들에게 표만 구하나

저는 선거 운동을 해 본 경험이 있습니다. 국회의원 선거 때입니다. 피켓을 들고 지역 곳곳을 다니며 인사를 거의 90도 각도로 합니다. 표를 달라는 것입니다.

제가 출마한 것도 아닙니다. 다른 사람을 위한 것이었습니다. 제가 지금 생각해 봐도 저 자신을 위해서도 다른 사람에게 90도 각도로 인사하면서 부탁해 본 적이 거의 없는데, 소위 말하는 "내가 그때 미쳤었나 봐."라는 말이 저절로 나옵니다. 그것도 별로 좋아하지도 않는 정치판이라는 곳에서 말입니다.

그런데, 저에게는 정말 좋은 경험이었습니다. 특히, 제가 선거 운동을 하던 곳은 서울에서도 상대적으로 많이 낙후된 지역이었기 때문에 골목골목을 여러 날 돌다 보면, 사람들이 살아가는 여러 모습을 생생하게 볼 수 있습니다. 그리고, 여러 생각을 하게 되는 계기도 됩니다.

어느 날 현역 국회의원인 선거 당사자에게 제가 물어봤습니다.
"제가 보기에는 의원님이 훨씬 잘살고, 표를 구하는 사람들은 정말 힘겹게 살아가고 있는데, 의원님은 현재 저런 분들에게 표만 달라고 하고 있습니다. 의원님은 저분들에게 무엇을 주실 건가요?”

그다음은 상상에 맡기겠습니다. 그러나, 이해를 살짝 돕기 위해 말씀드리면 사람의 눈에서도 실제로 레이저 광선 비슷한 것이 나온다는 것입니다. 거의 살상용 무기 비슷한 성능마저 갖고 있습니다.

대통령이든, 국회의원이든, 지방자치단체의 장이든 상관없이 소위 정치를 하는 사람들은 ‘무엇을 위해 자신이 표를 구하나?’를 반드시 생각해야 합니다.

자신 본인의 입신양명을 위한 것이라면 정치를 해서는 안 된다고 생각합니다.
만약, 그런 생각이라면 그것은 어려운 사람들 등쳐 먹고 사는 것과 진배없습니다.

현실은 우리의 이러한 바람과는 상당히 동떨어져 있습니다. 멀쩡하던 사람도 국회 근처로 가면 야수로 변하는 것을 저는 많이 보았습니다. 상대방을 이겨야 하기 때문에 수단과 방법을 가리지도 않습니다.

다른 사람의 없는 잘못을 만들어 내기까지 합니다. 이러한 모습을 직접 목격하면서 저들은 무엇을 위해 저렇게까지 하면서 소위 ‘배지’라는 것을 달고 싶어 하나 생각하면서 현실이 슬프다는 생각까지 들 지경입니다.

저는 처음에는 멀쩡한 사람이 정치판에 들어가면 이상한 사람으로 변하는 것이라고 생각했었습니다. 그런데, 그것마저도 아닙니다.

　멀쩡한 사람치고 정치판을 기웃거리는 사람은 거의 없습니다. 애당초 대부분이 이상한 인간들만 모이는 곳이기도 합니다. 거의 정상적인 인간이 보이지 않습니다. 저는 매우 가까이서 보았기 때문에 이런 내용을 자신 있게 말할 수 있습니다.

군중 심리 이해하기

경제는 많은 사람이 좋아질 것이라고 생각하면 실제로도 좋아지는 '예측의 자기 실현성'을 갖는 특성이 있습니다. 반대 방향으로도 마찬가지입니다.

"경제는 심리이다."라고 할 만큼 군중 심리의 영향을 많이 받고 있습니다.

이를 극명하게 보여 주는 것이 주식시장이기도 합니다. 많은 사람이 특정 기업에 무지갯빛 환상을 가지면, 도저히 이성적으로 설명할 수 없는 가격으로 주가가 상승하기도 합니다.

사람들의 심리가 가격에 영향을 미친 것입니다. 그런데, 가격이 일정 기간 꾸준히 상승하면 그 사실 자체가 사람들의 심리에 영향을 미치게 됩니다. 가격이 더 오를 것 같은 심리를 만들어 내는 것입니다.

이러한 상호 작용이 반복됩니다. 그 기간이 상당 기간 지속되기도 하고, 경우에 따라서는 단기간에 그칠 수도 있습니다.

언론들도 한몫을 톡톡히 하게 됩니다. 언론은 현상을 대부분 합리화할 뿐인 경우를 많이 봅니다. 이유는 그때그때 만들기 나름입니다. 언론사의 예측이 맞는 경우는 매우 드물다고 생각합니다.

경제학도 현실 예측에 무력하기는 마찬가지입니다. 경제는 수많은 변수가 작용할 뿐만 아니라 심리적 요소가 비중이 큰데 이를 이론으로 모형화하기는 사실 불가능하기 때문입니다.

그래서, 수많은 가정과 전제를 도입하여 사고의 틀과 정책 대안 등을 제공하고 '기대 변수'를 몇 개 넣는 정도입니다.

역사적으로 보면, 경제 분야뿐만 아니라 정치 분야에서도 '군중의 광기'는 드물지 않게 나타납니다. 인간의 탐욕과 공포와 이데올로기가 그 중심에 자리 잡고 있습니다.

16세기의 튤립 투기와 2차 대전에서의 나치가 대표적인 예가 될 것입니다.

군중의 광기를 예측하기는 소위 천재들조차도 불가능합니다. 천재 뉴턴도 투자로 쪽박을 차고 나서 "만유인력의 원리는 알 수 있지만, 인간의 광기는 도저히 알 수가 없다."라고 한탄했다고 합니다.

매우 유능한 경제학자들도 투자로 돈을 번 경우는 매우 드뭅니다. 인간의 심리에 관심이 많았던 케인즈 정도가 투자로 돈을 많이 벌었을 정도입니다.

고로, 경제 현상과 사회 현상을 제대로 이해하기 위해서는 경제와 사회 분야를 공부하는 학생들에게 심리학을 가르쳐야 한다고 생각합니다. 학생에 국한되는 것은 아닐 것입니다. 우리가 현실에서 일어나고 있는 여러 현상을 이해할 필요성은 학생뿐이 아니기 때문입니다.

프로이트의 정신 분석학까지는 필요하지 않겠지만 '구스타프 르봉의 군중 심리'는 필수 과목으로 할 필요가 있다는 생각입니다. 그 과목이 있다는 자체로도 문제 인식을 갖게 하는 의미가 있을 듯도 합니다.

모든 파티는 끝나기 마련이다

우리의 주변에서 여러 가지 사회적이고 경제적인 현상 등을 보게 되고, 그 현상 속에서 우리가 살아가고 있기도 합니다. 이러한 현상들 중 몇 가지 핵심 원리만 알고 있어도 매우 유용한 것들이 있습니다.

여기서는 경제 현상과 관련한 파티가 끝났을 때의 현상에 대해 이야기해 보고자 합니다. 이것을 이해하고 있으면 여러 경제 현상을 이해하는 데 도움이 크게 되리라 생각합니다.

연극, 공연, 파티 중에는 그토록 활기가 있고 화려한 모습을 하다가, 막상 끝이 나면 고요함과 적막만이 남게 되고 그 모습을 보고 있으면 어딘지 모를 허전함과 쓸쓸함이 밀려오는 듯합니다. 모두 한 번쯤은 이런 묘한 기분을 경험해 보았을 것입니다.

화려하면 화려할수록 끝난 뒤의 이러한 느낌은 그만큼 더 강하게 다가옵니다.

어떤 파티이든 파티가 계속될 수는 없습니다. 결국 끝이 나기 마련입니다.

현대 경제는 호황과 불황의 파동을 그리면서 끊임없이 변화합니다. 때로는 잔파동을, 그리고 때로는 큰 파동의 모습을 보입니다. 그러다 가끔 수직 낙하를 하는 경제 위기가 닥칩니다.

저는 경제 위기를 예측할 능력이 없습니다. 다른 사람들도 비슷하리라고 생각합니다. 누가 경제 위기를 예측했다고 떠들썩한 기사를 자주 접하게 되지만 계속해서 맞추는 사람은 단 한 명도 없습니다. 이는 단언할 수 있습니다.

우연에 가깝게 맞추면 마치 자신이 대단한 예측력이라도 있는 양 사기를 치는 것뿐이고 언론들은 이에 장단을 맞춰 기사들을 만들어 낼 뿐입니다.

경제에는 커다란 파티가 한 번씩 열립니다. 제일 화려하고 멋진 파티 중 하나가 1차 대전이 끝난 직후인 1920년대에 있었습니다. 모두 파티에 참여하여 흥청망청하고 장밋빛 미래를 노래했습니다.

그러다 갑자기 파티가 끝났습니다. 조금 전과는 달리 모두 파티장을 떠나기 위해 아우성들입니다. 파티장 문을 열고 나가자마자 천 길 낭떠러지가 기다리고 있습니다. 대공황이었습니다.

이후로도 경제 위기는 크기와 지속 기간은 다르지만 반복적으로 나타났습니다.

많은 사람이 이러한 위기를 정확히 맞추기는 불가능하지만 대략이

나마 미리 짐작이라도 하기 위해 노력하고 있습니다. 꼭 경제학자만 그러는 것은 아닙니다. 기업도 개인도 입장은 비슷합니다.

경제 위기와 관련하여 저는 한 가지는 자신 있게 말할 수 있습니다.

"파티가 없는 경제 위기는 없다. 그리고, 경제 위기의 크기는 파티의 크기에 영향을 받는다. 즉, 앞서 열린 파티가 커야 위기도 크다."

그러면, 지난 수년간의 파티의 성격과 규모만 가늠해 보면 앞으로 닥칠지도 모를 경제 위기를 어림잡아 볼 수는 있습니다.

경제 위기의 범위는 다릅니다. 세계적일 수도 있고, 한 국가에 머무를 수도 있고, 특정 업종에 국한될 수도 있습니다.

은행 등 금융은 인체의 혈관에 비유됩니다. 그래서 각별한 의미가 있습니다. 혈관의 손상 가능성이 위기의 크기를 결정하기 때문입니다.

대부분의 사람은 군중 심리에서 벗어나지 못합니다. 그러나, 깨어 있는 매우 소수의 경제 주체는 소위 대중 속에서 대중에 휩쓸리지 않기 위하여 본능에 반하는 '역발상'을 하려고 노력을 많이 합니다. 그리고, 그들이 대부분 커다란 성과를 거두었습니다.

본능에 반하는 사고나 행동을 하기 위해서는 엄청난 에너지가 필요합니다. 에너지와 기를 모아야 합니다.

졸면 큰일입니다. 깨어 있어 군중이 어디에서 화려한 파티를 즐겼고 즐기고 있는지 눈여겨봐야 합니다.

파티는 언제인지는 정확히 모르지만 반드시 끝나기 마련이고, 큰 위기는 큰 파티 뒤에만 수반된다는 것입니다.

'신자유주의'라는 것에 대하여

1980년대 미국의 레이건 대통령, 영국의 대처 수상을 필두로 공급 측 경제학, 신자유주의가 득세하면서 작은 정부, 규제 완화, 민영화를 적극 추진하였습니다. 그리고 작은 정부, 규제 완화, 민영화가 마치 선이고 이와 반대되는 정책은 나쁜 것처럼 40년 이상 우리의 사고를 지배해 오고 있습니다.

그런데, 자본주의의 속성은 많은 장점에도 불구하고, 시간이 지남에 따라 내재적으로 '부익부 빈익빈'이라는 것을 초래하게 됩니다. 이를 완화할 수 있는 것은 정부의 역할입니다.

부자들에게는 가난한 사람보다 세금을 높은 세율로 부과하고, 이로 인해 거둔 돈으로 가난한 사람들에게 복지 혜택을 더 많이 주는 방법입니다.

신자유주의는 작은 정부를 지향하다 보니, 규제 완화 등을 통해 기업의 창의성 등을 더 높이는 장점이 있는 반면 지나친 양극화를 초래한다는 점 등의 문제점을 더욱 야기하기 때문에 이에 대한 반성의 목소리도 있습니다.

2009년 글로벌 금융 위기 이후 OECD, IMF 등 국제기구를 중심으로 '포용적 성장론'이 주장되고 있는 것도 같은 맥락입니다.

한쪽에 치우친 사고는 바람직하지 않습니다. 균형 잡힌 시각이 필요합니다.

사회 통합을 위해서는 소외된 계층을 위한 복지가 매우 중요한 가치입니다. 우리나라는 최근 복지 수준이 과거에 비해서는 엄청 많이 좋아졌습니다. 그러나, 아직도 소외 계층에 대한 복지 수준은 여타 선진국에 비해 많이 부족합니다.

저복지-저부담에서 앞으로 중복지-중부담 수준으로 가야 합니다. 중복지-중부담으로 가기 위해서는 재정의 규모는 커질 수밖에 없습니다. 재정의 규모로만 보면 오히려 큰 정부입니다.

민간 주도, 자율성을 바탕으로 하되, 정부는 제 역할을 하고, 할 일은 확실하게 하는 '유능한 정부'가 필요한 것입니다.

규제 완화도 마찬가지입니다. '규제'라는 용어를 마치 나쁜 것으로만 인식되도록 보수 언론 및 기업의 이익을 대변하는 언론사 등이 조장해 왔습니다.

그러나, 이것은 전형적인 가진 자와 기득권의 논리입니다. 좋은 규제, 필요한 규제도 많이 있습니다. 일방적인 규제 완화가 아니라 규제 체계의 합리화가 적합한 용어일 것입니다.

투명성을 높이고, 환경·안전·생명 등 규제를 강화하면서도 기업 활동의 규제를 합리화하여 민간과 기업이 자율성을 바탕으로 창의성을 충분히 발휘할 수 있도록 해야 합니다.

민영화 문제도 비슷하다고 생각합니다.

위와 관련해서는 다양한 견해가 가능합니다. 생각이 다른 사람들과 함께 사는 지혜, 그것이 바로 민주주의의 본질이기도 합니다.

생각이 다른 사람을 틀렸다고 하면서 적으로 돌리게 되면 우리나라는 극한 대립이라는 깊은 골만 남게 될 것입니다.

우리나라는 진보만의 나라도 아니고, 보수만의 나라일 수도 없습니다. 우리나라에 살고 있는 모든 국민의 나라를 지향해 나가야 합니다.

어떤 투자를 할 때
꼭 한 번은 생각해 볼 만한 것

위기는 시장 시스템의 고유한 특성(주로 공급 과잉)이기도 하고, 질병(코로나19 등)이나 전쟁, 테러처럼 외부적 충격에 의해 발생하기도 합니다.

사람들은 지나간 위기는 쉽게 생각하고 현재의 위기를 과대평가하는 경향이 있습니다(행동심리학에서 말하는 소위 '근시안적 행태'). 언론도 위기가 오면 100년 만의 위기니 대공황급이니 하면서 위기를 과장합니다.

제가 지금 50세를 간신히 넘긴 상태인데, 언론에서 떠들어 대는 100년 만의 위기를 지금까지 몇 번을 맞이했는지 모릅니다.

위기의식은 쉽게 전염되고 재확산되기도 합니다. 그런데 100년 만의 위기나 대공황급 위기가 그렇게 자주 올 리는 없습니다.

제 생각에는 1920년대 말과 1930년대에 걸쳐 발생한 대공황급 위기는 다시 오기 힘들 것으로 보입니다.

대공황 당시에는 '금 본위제'가 유지되고 있었고 화폐 발행이 금의 수량과 연동되어 공급 과잉이 발행했는데도 유동성(화폐 공급)은 제한적이었고 중앙은행들은 오히려 유동성을 줄이는 방향으로 정책을 했습니다.

닉슨이 달러에 대한 금 태환을 금지해 버린 1971년 이후에는 더 이상 금 본위 제도를 기반으로 하고 있지 않습니다. 즉, 현재는 미 연준이 어떠한 제약 없이 경제 위기 때마다 통화량을 늘릴 수 있습니다.

2008년 금융 위기 때는 대공황에 관한 저명한 학자 출신인 버냉키 FRB 의장이 헬리콥터 벤이라 불릴 정도로 달러를 시장에 쏟아부어 버렸습니다.

그 결과 대공황 당시에는 다우 지수가 전 고점에 도달하는 데 25년 이상이 걸렸던 것에 반해, 2008년 위기 때는 상황이 훨씬 복잡하게 얽혀 있었는데도 회복 속도가 빨랐고 거기서 그치지 않고 최근까지 다우 지수는 엄청난 상승세를 거듭하였습니다. 상당 부분 시중 유동성의 힘이 작용한 것입니다.

1971년 이후에는 주가가 폭락하는 시기가 오면 공포를 이겨 내고 주식을 매입했으면 매번 큰 수익을 얻었을 것이고, 앞으로도 그럴 가능성이 크다고 보입니다. 물론 주식과 부동산은 비슷하게 움직이므로 부동산도 마찬가지입니다.

왜냐하면 큰 위기가 오면 미 연준이 언제나처럼 윤전기를 돌려 달러를 뿌릴 준비가 되어 있기 때문입니다.

그래서 제 생각에는 주식 등 투자를 할 때는 평상시에는 최소한으로 투자하다 주기적으로 찾아오는 위기 때만 큰 투자를 한다면 최고의 수익률을 올릴 수 있을 것으로 생각합니다.

소위 야구 선수가 인내심을 갖고 방망이를 거의 휘두르지 않고 있다가 자신에게 가장 좋은 공이 들어올 때만 쳐서 홈런을 치는 것과 비슷합니다.

그런데, 야구에서는 잘못하다가는 스트라이크 세 개로 삼진 아웃을 당하지만 투자는 아무리 기다린다고 해도 결코 삼진 아웃을 당하지는 않는다는 이점까지 있습니다.

큰 위기는 대체로 10년에 한 번, 중간급은 2년에 한 번 정도 오는 것 같습니다.

화폐(유동성)의 양이 주식시장에 미치는 힘은 엄청나게 크다는 점을 부인할 수 없습니다. 2008년 쏟아부은 유동성의 힘으로 미국뿐만 아니라 세계 자산시장(부동산, 주식)은 대체로 가격이 많이 상승하였습니다.

2008년 미 연준이 쏟아부은 달러 규모는 1조 3000억 정도인데, 이번 코로나19 사태 때는 약 2조 달러를, 그것도 10배나 빠른 속도로 쏟아부어 버렸습니다. 향후 이 유동성이 어떤 역할을 할지 생각해 볼 필요가 있습니다.

위기는 크게 두 가지가 있습니다. 미래의 소비를 당겨쓰다가 감당

수준을 넘어 거품이 터지는 버블형(2008년 금융 위기, 우리나라 2003년 신용카드 사태 등)과 비버블형(전쟁, 전염병, 9.11 테러)입니다.

버블형은 미래 소비를 미리 당겨써 버렸기 때문에 버블이 붕괴되면 소비 회복 등 경제 회복에 상대적으로 시간이 오래 걸릴 수밖에 없습니다.

반면 비버블형은 오히려 현재의 소비가 미래로 이연되는 경우이므로 회복 속도가 매우 빠를 수밖에 없습니다.

워런 버핏, 코스톨라니, 케이즈 등 큰돈을 번 투자자들 중 당장의 현상만을 보는 단기적 시각의 투자자는 단 한 명도 없었고 모두 장기적 관점을 갖고 투자에 임한 사람이고 낙관론자입니다.

과거는 잊어버리고 현재 벌어지고 있는 일만 크게 생각하고 집중하는 현상을 행동주의 심리학자는 '근시안 행태'라고 합니다.

사람들은 자신의 생각과 일치하는 것만 받아들이는 경향도 있습니다. 이러한 인지 오류를 '확증 편향'이라고 부릅니다.

몇 가지 잘못된 편향적 심리만 정확히 파악하고 대응한다면 수렁이나 함정에 빠질 위험은 그만큼 줄어들게 될 것입니다.

이론과 현실의 차이

제 대학 동기 중 친한 친구가 제가 살고 있는 아파트 바로 옆 단지에 살고 있습니다.

그 친구는 소위 명문 대학의 경영학과 교수이고, 경영전략과 투자론을 가르치고 있습니다. 박사 학위를 받기 어렵다는 외국의 매우 유명한 대학의 박사 출신이기도 합니다.

본인도 나름 부동산 및 주식 등에 투자를 합니다. 그런데, 부동산 투자는 기획 부동산 전화를 받고 투자를 해서 사기를 당하거나 이상한 곳에 투자를 해서 돈이 묶입니다.

주식 투자는 회사 위탁 교육을 하다가 그 회사 임원으로부터 자기들이 속한 회사가 좋은 회사라는 말을 듣고 그 회사 주식을 삽니다. 제가 보기에는 상당히 고평가된 상태입니다.

저는 나름대로 주식 투자도 많이 해 본 경험이 있고 관련 서적도 꽤 읽으면서 고민도 많이 해 보았기 때문에 그 친구에게 묻습니다. "좋은 회사가 좋은 투자 대상하고 일치하는 거냐? 좋은 투자 대상은 적정 기업 가치보다 낮은 가격에 거래되는 회사란다." 그 순박한 친구의 말, "오~ 그러네."

제가 "너에게 배우는 학생들은 도대체 어떻게 되는 거냐?" 하고 웃으며 그 친구에게 농담을 건넵니다.

그 친구 대답은 더욱 가관입니다. "응, 괜찮아. 걱정하지 마. 나도 별로 걱정 안 해. 요즘 애들은 엄청 똑똑해. 절대 내가 가르치는 대로 하지 않을 거야."

그 친구 실제로는 무척 똑똑합니다. 웃자고 대화 내용을 약~간은 각색하였습니다. 이렇게 쓰는 것은, 그 친구가 이 책을 읽게 되고 이 부분이 자신의 이야기라는 것을 알게 되면…. 저도 살아야 하기 때문입니다.

개천에서도 용들이
꿈틀대고 나와야 한다

오래전 시골 어렸을 적의 이야기입니다.

제가 살던 동네는 유서 깊은 마을도 아니고 그저 그런 시골 동네였습니다.

대부분 집안의 어른들도 정규 교육을 많이 받지 못해, 아들이 중학교에 들어가니 대견하여 그 어머니가 "아이구~ 우리 중학생~" 하는 집이 있을 정도였습니다.

그때 많이 들었던 말이 "가난해야 오기가 있어서 공부를 잘하고, 부잣집 아들들은 믿는 구석이 있어 공부를 못한다."라는 것이었습니다.

그때 당시에는 실제로도 그랬습니다. 대체로 가난한 집 아이들이 공부를 더 잘했습니다. 학원도 과외도 할 수 없었고 똑같은 조건이었기 때문에 누가 더 독하게 공부하느냐가 중요한 변수였기 때문입니다.

제가 아주 어렸을 때 옆 동네에 전남대 법대에 다니는 형이 한 명 있었는데, 몇 개 마을에서 그 형을 대단하게 생각했습니다. 그 형이 나타나면 어른들은 그 형을 가리키며 저 형처럼 되어야 한다고도 할 정도였습니다.

그 형은 가난한 동네에서도 또 유달리 더 가난한 집 아들이었습니다. 명백한 실증 사례까지 있는 것이었습니다.

요즘은 사교육이 공교육을 뛰어넘고 있습니다. 그만큼 사교육을 잘 받을 수 있는 집안의 아이들에게 절대적으로 유리한 조건으로 변해버린 것입니다.

요즘 일반 고등학교에서는 절반 이상이 수업 중에 엎드려 잔다고 합니다. 이를 지켜보는 선생님들도 메 한 대 때리지 못할 뿐만 아니라 나무랄 엄두조차 내지 못하는 분위기까지 되었다고 합니다.

제가 중학교, 고등학교에 때는 학교에서 선생님에게 멍이 들도록 정말 많이 맞았습니다. 특히 중학교 때는 반에서 누구 한 명 잘못하거나 하면 단체로 벌을 많이 받았습니다.

책상 위에 무릎을 꿇고 앉아 의자 들기 정도는 약과입니다. 책상 위에 무릎을 꿇고 앉은 상태에서 몽둥이로 다리를 맞으면 비명이 저절로 나옵니다. 그것도 봐주면서 살살 때리는 것도 아닙니다. 그때는 선생님이 온 힘을 다해서 때리는 것 같았습니다.

실제로 선생님의 얼굴을 보면 용쓰는 기색이 역력했던 기억이 아직도 납니다. 그렇게 맞고 나서 나중에 보면 시퍼런 멍이 엄청 들어 있었습니다.

지금 생각해 보면, 아직 어린 학생들에게 좀 심했다는 생각도 들지만 당시에는 학생들이나 부모들이나 그것이 잘못되었다고는 누구도 생각하지 않았습니다.

'부사부일체'라는 말이 있듯이 시골에서는 특히 부모님과 선생님은 동급이라는 인식이 그때 당시에는 매우 강했습니다. 선생님에게 어떤 항의를 한다는 것 자체를 생각하기가 어려웠습니다.

그때의 그러한 분위기가 옳다고 말하는 것은 아닙니다. 그랬었다는 것뿐입니다. 그래도 그때는 공교육이 나름 잘 작동하고 있었습니다.

아무튼, 저는 지금 공교육은 뭔가 잘못되어도 한참 잘못되었다는 생각입니다. '세계에 이런 학교들이 있나?' 하는 생각이 들 정도입니다. 하루빨리 바로잡아야 합니다.

제가 다녔던 중학교는 고만고만한 집안의 자녀들이 다니는 한 학년에 세 반밖에 없던 말 그대로 시골에서도 변두리 학교에 해당합니다.

나중에 성인이 돼서 보니 그 조그만 시골 학교에서 저와 같이 학교에 다녔던 친구들 중에서 서울대에 세 명이나 들어갔습니다. 그때만 하더라도 집안이 아무리 어렵더라도 본인의 의지와 노력만 있으면 좋은 대학에 갈 수 있었습니다.

당시 계층 사다리의 중요한 축인 '교육'이 그만큼 열려 있었다는 것입니다. 중·고등학교 공교육도 중요한 기능을 하고 있었고, 요즘처럼 사교육이 활발하지도 않았기 때문에 가능했던 것입니다.

요즘은 그때와 엄청나게 변했습니다. 계층 사다리 측면에서는 매우 나쁜 쪽으로 변한 것입니다.

지금은 여러 원인으로 부모의 도움 없이는 자신의 노력만으로 좋은 대학에 들어가기가 거의 불가능하다고 합니다. 저도 지금 안 태어나길 천만다행이라는 생각이 듭니다.

제가 어렸을 때 시골에서는 누구네 집 자식이 잘됐는데, 완전히 개천에서 용 났다는 말을 자주 들었던 것 같습니다.

요즘 생각해 보면 용도 아닌데 용으로 표현한 측면도 있지만, 그만큼 신분 변동의 가능성이 크게 열려 있었음도 사실입니다.

요즘은 개천에서 용이 나오기는커녕 미꾸라지가 더 쪼그라들어 지렁이가 될 지경에 이르렀습니다.

계층 사다리가 튼튼해야 그 사회가 역동성을 갖고 활기가 넘쳐 날 수 있습니다. 이는 우리 사회의 보이지 않는 중요한 무형의 자산이기도 합니다.

젊은 청소년들에게 꿈과 희망을 포기하게 해서는 안 될 것입니다. 금수저니 흙수저니 이런 말이 설득력을 갖는 사회가 되어서는 안 됩니다.

우리끼리만 잘살아 보자는 기득권 의식이 우리 사회를 병들게 합니다. 함께 잘살 수 있는 길을 꾸준히 고민하고 모색해 나갈 필요가 있습니다.

저출산 극복을 위한
하나의 제언

한 국가의 국력을 유지하고 키우기 위해서는 '인구'라는 변수가 매우 중요한 요소로 작용을 합니다.

경제적인 측면에서만 보더라도 인구는 국내 수요의 기초가 될 뿐만 아니라 공급 측면에서도 생산 요소인 노동력을 제공하는 기반이 되기 때문입니다.

공급 측면에서 최근 공장 자동화가 많이 되어 아무리 큰 공장이라고 하더라도 소수의 인원으로 운영이 가능하지만. 이는 제조업의 경우이고 최근 주요 사업을 이루고 있는 여타 소프트웨어 산업 등의 경우에는 여전히 사람이 중요한 생산 요소입니다.

우리나라 저출산 문제가 너무 심각합니다. 합계 출산율이 계속해서 감소하더니 지금은 1 이하로까지 떨어져 0.81까지 내려와 버리고 말았습니다. 장기적으로 인구수를 유지할 수 있는 합계 출산율 약 2.1의 절반에도 못 미치는 수준입니다.

최근 인구 감소가 시작되었고 머지않아 급격히 인구가 감소할 위험에 이미 놓여 있습니다.

인구가 감소하게 되면 그 사회가 활력을 잃어버립니다. 정부도 이러한 문제 인식을 바탕으로 엄청난 규모의 예산인 매년 약 40~50조 원을 투입하여 저출산 문제를 해결해 보려고 노력하지만 역부족인 상황입니다.

저출산의 원인은 육아의 문제에서부터 매우 다양하게 진단할 수 있습니다. 현재 예산은 원인별 대응을 하는 구조입니다. 그러나, 그 원인과 각 원인의 중요성을 실제로 파악하는 것은 거의 불가능합니다.

저출산 대책 예산을 출산을 할 수 있는 당사자인 젊은 층들이 체감할 수 있도록 선택과 집중을 할 필요가 있습니다.

출산을 할 때마다 1억 원씩을 지급하는 방식 등입니다. 여기서 1억 원이라는 금액은 하나의 예이고 핵심은 분산된 예산을 선택과 집중하자는 것입니다.

다소 황당하게 들릴 수도 있지만 전혀 그렇지 않습니다. 현재 연간 출생아 수가 30만 명이 붕괴된 상황이므로 출생아별로 1억 원씩 지급하더라도 연간 30조 원이면 충분합니다.

이는 현재 저출산 대책으로 분산되어 사용되고 있는 연간 예산인 40~50조 원보다 적은 금액이기도 합니다.

저출산 대책을 위한 예산 지출은 미래 국가 자산에 대한 선투자의 개념으로도 볼 수 있습니다.

아이들이 자라나서 노동력이 되고 국방의 의무를 이행하고 세금 납부 등으로 국가에 1억 원보다 훨씬 더 큰 기여를 하게 될 것입니다.

지급도 일시불로 하는 것이 훨씬 효과적이며, 용도도 전혀 제한할 필요가 없습니다. 그래야 체감 효과를 극대화할 수 있고 행정 비용을 낮출 수 있기 때문입니다.

한편, 인구 대책과 관련하여 이민을 적극적으로 받아들여야 합니다. 현재 세계 최강대국인 미국의 경우에는 탄생 자체부터가 이민의 나라이기도 하지만 이민에 대해 적극적인 대표적인 국가입니다.

우리나라도 최근 외국인의 비중이 많이 늘어났습니다. 그러나, 질적인 측면에서는 미국의 경우와 큰 차이가 있습니다. 미국은 세계의 우수한 인재들이 모여듭니다. 이것이 미국을 최강대국으로 유지시키는 중요한 요소가 되고 있습니다. 반면 우리나라는 단순 노동자 위주입니다.

우리나라도 이민 정책을 잘 마련할 필요가 있습니다.
양적인 측면뿐만 아니라 어떻게 하면 우수한 사람들을 받아들일 수 있을까를 심각하게 고민하고 방안을 마련하여야 합니다.

또한, 이들이 우리나라에 잘 정착할 수 있는 여러 가지 여건을 만들어 줄 필요가 있습니다.

'초과 세수'라는 의미

요즘 신문 등 언론 매체의 뉴스를 보다 보면, 초과 세수라는 말이 자주 등장합니다. 당초보다 수십조 원이 더 걷혔다는 것입니다. 이것이 기업들에게 과도한 과세를 한 것으로 악용되어 감세의 논리로 주장되기도 합니다.

그러나, 초과 세수라는 정확한 의미를 생각해 볼 필요가 있습니다. 국민의 한 사람으로서 그 의미를 명확하게 알아야 하기도 합니다.

저는 정부 세수를 담당하는 기획재정부 세제실에서도 근무를 해 보았고, 정부 지출을 담당하는 예산실에서도 근무를 해 보았기 때문에 그 의미를 정확히 알 수밖에 없습니다.

정부는 매년 수입과 지출이라는 소위 정부의 살림살이인 '예산'이라는 것을 만들게 되고 국회의 동의를 받아 집행하게 됩니다.

우리나라는 매년 나라 살림이 수십조 원씩 적자입니다. 정부도 가계나 기업과 마찬가지로 수입이 있고, 지출이 있는 것입니다. 이들 적자는 국채를 발행하여 채워 넣을 수밖에 없습니다. 그만큼 매년 정부의 빚이 늘어난다고 보면 됩니다.

　예컨대, 조세 등을 통한 수입을 500조 원, 지출을 600조 원, 그리고 부족분은 정부 부채인 국채 발행 등을 통하여 100조 원 조달하기로 다음 해의 계획(예산 편성)을 하였습니다.

　그런데, 수입을 500조 원으로 예측했는데 실제 지나고 보니 이보다 많은 550조 원이 들어왔습니다. 그러면 초과 세수가 50조 원이 되는 것입니다.

　초과 세수라는 말은 정부 흑자와는 전혀 관계가 없는 것입니다. 그런데, 간혹 이를 혼돈하는 경우가 있습니다. 고의적 측면도 있다고 생각합니다. 이를 빌미로 이상한 논리를 만들어 기득권층의 의무를 줄이려는 시도 같은 것입니다.

　초과 세수라는 것은 조세 수입에 대해 예측이 틀린 것, 그 이상, 그 이하의 의미도 없는 것입니다.

　지난 수년간 초과 세수가 수십조 원에 달할 만큼, 정부가 세수 예측을 매번 잘못하였습니다. 과거에 이 정도로 예측을 수년간 연달아 잘못한 경우는 없었습니다.

　예측은 미래에 대한 예측일 뿐이므로 오차가 발생할 수밖에 없습니다. 그러나, 그 정도가 매우 심한 것입니다.

저도 같은 분야에서 근무를 해 보았기 때문에 왜 저렇게까지 수년간 오차가 심하게 나는지 이해할 수가 없습니다.

왜 그러는지 여러 자료를 살펴보니, 과거의 예측치를 갖고서 또다시 다음 해 조세 수입을 예측하는, 상당히 불합리한 관행을 지속하고 있는 것입니다.

예컨대, 2020년 조세 수입을 500조 원으로 예측했는데 실제로 550조 원이 들어왔습니다. 그런데, 50조 원의 초과 세수는 부동산 거래가 특별히 많아서 예측이 틀린 것으로 간주해 버립니다.

그리고는 2021년 세수를 추계할 때, 500조 원을 바탕으로 경제 성장율 등을 감안하여 530조 원으로 추계를 합니다.

2020년에 550조 원의 세수가 들어왔고 명목 경제는 실제 경제 성장과 물가 상승으로 더 커질 것임에도 전년 실제 들어온 세수보다도 더 적은 금액으로 세수를 추계하는 것입니다. 그러니 2021년에도 초과 세수가 또 수십조 원에 이르는 일이 수년간 지속된 것입니다.

이런 작은 관행조차도 국회 등에서 심한 비판을 받으면서도 고치지 못하고 있는 것입니다. 정부의 세수를 추계하기 위해서는 온갖 복잡한 자료들이 활용되고, 수많은 전문가라는 사람이 참여하여 정부안을 확정합니다.

조금은 미안한 말이기는 하지만 제가 어림잡아 몇 가지 변수만을 생각해서 대충 추계해도 이 정도의 오차는 나지 않을 것 같다는 상당히 건방진 생각마저 드는 것도 큰 무리는 아니라고 생각됩니다.

시사 팩트 체크 방법

사회적 이슈가 있을 때 겉에 드러난 사실만으로 판단을 하게 되면 오판의 소지가 있다고 생각합니다.

여러 맥락에서 살펴볼 필요가 있습니다. 그래서, 민주주의에서는 '토론'이 매우 중요한 기능을 합니다. 양쪽 주장을 모두 들어 볼 수 있기 때문입니다. 예를 하나 들어 보겠습니다.

요즘 경찰국 신설이 이슈입니다. 이 이슈가 한참일 때 대통령 비서실장이 "부처보다 힘이 센 3개 청이 있는데, 검찰청, 국세청, 경찰청이다. 검찰청은 법무부 검찰국, 국세청은 기재부 세제실의 통제를 받는데, 경찰청만 통제를 받고 있지 않기 때문에 행자부 내에 경찰국을 신설해야 한다."라고 말했습니다. '민주적 통제'의 필요성을 주장하고 강조한 것입니다.

국민의 봉사자인 공무원 조직이 국민의 통제를 받아야 하고, 임명된 권력은 선출된 권력의 통제를 받아야 한다는 것은 현시점에서는 너무나 당연한 명제가 되었습니다. 당연히 그래야 하기도 합니다.

이 3개 청은 비록 청 단위이지만 막강한 권력을 가진 권력 기관이기도 합니다. 권력은 항상 남용될 소지가 큰 특성이 있습니다.

경찰국 신설과 같은 이슈 등을 판단할 때는 우리나라의 역사성과 특수성의 맥락에서 보아야 할 것입니다.

우리나라는 지금까지 대통령의 권력 남용 내지는 악용이 항상 문제가 되어 왔습니다.

그래서, 이들 기관은 외청의 형태로 두어 대통령이라도 구체적인 사안까지 간섭하지 못하게 하고 모두 임기제로 하여 임기까지 보장하고 있는 것입니다.

민주적 통제란 관점에서 보더라도, 경찰국 신설은 민주적 통제와 전혀 무관해 보이는데, 이를 민주적 통제를 위한 불가피한 것인 양 호도하는 측면이 있는 듯합니다. 행자부 장관이나 경찰청장이나 모두 똑같이 임명된 권력에 불과하기 때문입니다.

그럼, 과거의 역사적 맥락 이외에 다른 청과도 비교를 해 볼 필요가 있습니다.

기재부 세제실은 입법 기관이 아니기 때문에 오직 세법을 제정, 개정하는 정부안을 발의하기 위한 전문성을 갖춘 기관이고, 국세청에 대한 인사권, 예산권, 조직권과는 전혀 무관한 조직입니다.

법무부 검찰국은 검찰청에 대한 인사, 예산, 조직권 3가지 권한을 한꺼번에 모두 갖고 있는 행정부 조직의 거의 유일한 기관입니다.

외관만 보면 법무부 장관이 검찰청을 완전히 통제하는 듯하지만, 그 속을 살짝 들여다보면 완전 반대라는 것을 알 수 있습니다. 제가 서기 관 때 법무부 예산을 담당한 경험이 있기 때문에 그 내용을 속속들이 잘 알고 있습니다.

법무부 주요 요직은 모조리 검사들이 차지하고 있습니다. 심지어 법무부 차관이 대검찰청 차장보다 기수가 항상 낮다는 것은 시사하는 바가 매우 큽니다.

법무부 검찰국은 검찰청 2중대의 성격이 강하고, 국회로부터 검찰 총장을 보호하기 위한 수단이기도 합니다. 즉, 행정부 모든 청장 중 검찰총장만 국회에 불려 가지 않습니다. 법무부의 검찰국이 이를 대신하고 있는 것입니다.

경찰국 신설에 대한 판단은 각자의 몫이고 생각이 다를 수 있지만, 적어도 정확한 팩트에 기초하였으면 하는 바람입니다.

다른 시사 이슈들도 비슷하다고 생각합니다. 국민의 한 사람으로서 그리고 민주 사회의 한 시민으로서 어떤 시사적 이슈를 판단할 때 겉으로 드러난 몇 가지 사실만을 바탕으로 판단을 하게 되면 잘못된 판단을 할 수 있다고 생각합니다.

이름들이 주는 의미

　제가 얼마 전에 새로 형성된 모임의 이름을 '조은회'라고 지었습니다. 별다른 의미가 있는 것은 아니고 단지 '조은 사람들의 모임'이라는 의미입니다.

　세상 사람을 '착한 사람'과 '악한 사람'으로 구분할 수는 없다고 생각합니다. 착하기만 한 사람도 악하기만 한 사람도 이 세상에는 단 한 명도 없고 정도의 차이는 물론 있겠지만 모두 양면성을 갖고 있기 때문입니다.

　다만, 착하게 살려고 노력하는 사람과 그 노력조차 하지 않고 본인 위주로 이기적으로만 사는 사람으로 구분할 수 있을 뿐입니다.

　마찬가지로, 원래 좋은 사람과 나쁜 사람으로 구분할 수는 없고, 부족한 점을 스스로 인식하고 노력하는 사람과 그렇지 않은 사람으로 구분할 수 있습니다.

　이름과 관련하여 제 경우는 형제들의 이름이 가운데 '순' 자 돌림입니다. 뒤에 무슨 글자를 넣더라도 촌티를 벗어나기가 여간해서 쉽지 않습니다.

　요즘 신세대 이름을 들어 보면 나름대로 의미를 부여하여 순 한글식으로 지어 정말 예쁜 이름들이 많이 있습니다. 이름은 이미지를 갖기 마련입니다.

　그리고, 천사라는 이름을 가진 사람이 나쁜 마음과 행동을 하기 어렵듯이 악마라는 이름을 가진 사람이 좋은 마음과 행동을 하기 어려울 수도 있습니다. 꼭 그런 것은 물론 아닌 것은 다 아는 사실입니다.

　어떤 모임도 이름을 지어 놓으면 그쪽 방향으로 가고자 하는 뜻이 모이리라 생각해 봅니다.

　얼마 전 좀 재미있게 톡방 하나의 이름을 '미남회'라고 지었습니다. 미남회의 일원이 되고 보니 요즘은 얼굴에 그동안 전혀 하지 않았던 팩도 하는 등 스스로 잘생겨 보일라구 애를 많이 쓰는 것을 볼 수 있습니다.

　생각에는 힘이 있고 말에도 그 자체로 힘이 있습니다. 우리가 어떻게 말을 하고 이름을 붙이느냐도 매우 중요한 의미가 있다고 생각합니다.

○○ 형과 형제의 동맹을 맺다
(유머)

고려 성종 시절 당시 강대국인 거란이 80만 대군을 이끌고 고려에 침입했을 때, 서희는 오직 '말발(외교 담판)'로 거란의 침입을 물리쳤을 뿐만 아니라 여진족이 차지하고 있던 강동 6주를 얻는 '싸우지 않고 이기는 병법상 최상위 전법'을 활용하였습니다.

저도 이 전법을 배운 만큼 현실에 적용해 봐야겠다고 생각하고, 몇 달 전에 고등학교 선배님이신 ○○ 형에게 적용하여 대승을 거둔 것을 자랑하고자 합니다.

○○ 형은 30년 전부터 만났습니다. 꽤 오래된 인연입니다.

근데, 좀 저에게 하시는 것이 미흡한 측면이 있다는 '장난기적 생각'이 갑자기 들어 술에 좀 취해 택시 안 귀갓길에 ○○ 형과 1시간 20분에 걸쳐 전화 담판을 하였습니다. 핵심 내용입니다.

저: ○○ 형, 저한테 지금까지 정말 잘해 주셨지만, 그럼에도 불구하고 저는 미흡하다고 생각되고 좀 더 잘해 주시는 것이 좋을 것 같습니다.

○○ 형: 왜 그래야 하는데? 내가 너를 잘 아는데 너 나한테 또 은근 협박하려고 하는 것 같은데, 나도 산전수전 다 겪은 사람이라 그리 쉽지는 않을 거야~~

저: 아, 그래요~~

근데, 저에 대해 몇 가지 요약만 해 드릴 테니 들어만 보세요.

만약, 형이 저에게 미흡하게 했을 경우에는 이런 일이 생길 수 있어요.

첫째, 저는 잘 아시다시피 '뻥기'가 있어서 부풀리는 경향이 있어요.

둘째, 그리고 그것을 그럴듯하게 포장하는 '위장술'이 있어요.

셋째, 제 입의 참을 수 없는 가벼움은 저도 억제를 못 할 뿐만 아니라, 성격까지 급해 전파력이 매우 빠르고 강해요.

고로, 형 입장에서는 당연히 억울하시겠지만, 방어가 잘되지 않아요.

○○ 형: 순철아, 무슨 말인 줄 알겠다. 그냥 잘 지내고…. 그래, 내가 좀 노력을 해 볼게.

저: 그럼 형제의 동맹을 맺어요. 그러면, 형이 당연히 아우에게는 무조건 잘해 주어야 하는 것 정도는 아시죠?

○○ 형: 그래, 내가 지금보다 좀 더 노력을 해 볼게.

이 책을 마치면서

그동안 살면서 여러 상황에서 생각해 보았던 것들을 지난 몇 년간 메모를 해 두었습니다. 이를 모아 보니 책 한 권의 분량이 되었습니다. 메모를 해 놓지 않았더라면 지금쯤 기억도 나지 않았을 내용도 있습니다. 다시 읽어 보니 스스로 기억이 새롭기도 합니다.

그동안 더 많은 생각을 하였을 것입니다.
그러나, 책 내용을 정리하면서 보니 제가 살면서 고민했던 중요한 이슈들은 대부분 포함이 되어 있다는 느낌이 듭니다.

제가 이러한 내용을 책으로 출간하는 의미는 제가 했던 나름의 고민과 생각들을 한 시대를 함께 사는 사람들과 공유해 보자는 취지입니다.

사람 살아가는 것이 별반 다르지 않다고 생각합니다. 조금 잘나 봤자 한 걸음 정도 앞이고, 조금 못나 봤자 한 걸음 정도 뒤에 서 있다가 언젠가는 모두 손잡고 하늘나라로 벌거벗은 몸으로 떠나게 되는 것은 똑같이 정해진 운명이기 때문입니다.

이 책에서 담고 있는 내용들은 학문적이거나 철학적이고 고상한 문제에 대해서 생각해 보자는 취지는 절대 아닙니다. 그러나, 좀 있어 보이려고 그렇게 표현된 부분도 분명히 있을 것입니다.

그렇지만 평범한 인생을 살아가는 저와 같은 입장에 있는 사람들이 한 번쯤은 생각해 보고 그 생각한 것을 자기 나름대로 자신의 생각을 정리해 보는 것은 분명히 큰 의미가 있다고 생각합니다.

사람마다 각자의 상황이 다르고 생각과 주관이 모두 다릅니다.

이 책은 물론 제 주관적인 의견이나 생각이 많이 표현되어 있습니다. 이 책을 읽는 독자들은 공감하는 내용도 있지만 다르게 생각하는 내용도 물론 많이 있을 것이라고 생각합니다. 생각이 같고 다름에 큰 의미가 있는 것은 아닙니다.

그러나, 인생을 살면서 중요한 이슈에 대해 곰곰이 생각해 보고 고민을 하는 것과 그렇지 않은 것은 많은 차이가 있다고 생각합니다.

아무 생각 없이 열심히만 사는 것은 매우 위험할 수 있다는 생각을 나이가 점점 들어 가면서 더 많이 하게 됩니다.

가끔 인생의 본질적인 것에 대해 생각하는 훈련이 필요하다고 생각합니다. 정신적인 운동과 같은 것입니다. 나름대로 인생의 의미를 찾기 위해서는 꼭 필요하기도 합니다.

직장 일도 물론 중요하지만 그것만이 능사는 아니라는 생각을 많이 하게 됩니다. 경제적인 활동과 정신적인 사유의 적절한 조화가 필요합니다.

이 책이 여러 사람에게, 본인의 인생에 있어서 고민하고 생각해 보는 하나의 단초가 되기를 희망해 봅니다.

인생의 예금 잔고와 시간의 잔고 사이에서

1판 1쇄 발행 2023년 2월 20일

지은이 김순철

교정 주현강   편집 유별리   마케팅 이진선

펴낸곳 (주)하움출판사   펴낸이 문현광

이메일 haum1000@naver.com   홈페이지 haum.kr
블로그 blog.naver.com/haum1007   인스타 @haum1007

ISBN 979-11-6440-301-1 (03810)